Johannes Joachim Degenhardt

Ein Segen sollt ihr sein

Johannes Joachim Degenhardt

Ein Segen sollt ihr sein

zu Ehe – Familie – Erziehung

VERLAG BONIFATIUS-DRUCKEREI PADERBORN

CIP-Kurztitelaufnahme der Deutschen Bibliothek

Degenhardt, Johannes Joachim:
Ein Segen sollt ihr sein: Erzbischof Johannes Joachim Degenhardt zu Ehe – Familie – Erziehung.
– Paderborn: Verlag Bonifatius-Druckerei, 1984.
ISBN 3-87088-379-0

ISBN 3 87088 379 0

Fotos: Hartmut Vogler, Ratingen

Gesamtherstellung: Bonifatius-Druckerei Paderborn

INHALT

Einführendes Wort 9

„Ein Segen sollt ihr sein“ 10

Das Wort der Heiligen Schrift 11
Ehe und Familie bedürfen der Deutung vom Glauben her 12

I. Mann und Frau in Gemeinschaft 13

Grundaussagen zur Ehe 13
Ehe und Geschlechtlichkeit 23
Unauflöslichkeit der Ehe und Treue der Partner 27
Vielschichtige Ehevorbereitung 32
Die Bedeutung des Eheabschlusses 37
Die konfessionsverschiedene Ehe 38

II. Das Zusammenleben in der Familie . . . 43

Kindern das Leben schenken 43
Die erstverantwortlichen Erzieher 51
Grundlegende Erziehungsziele 53
Die Familie als Hauskirche 56
Elemente christlicher Erziehung 58
Die Erziehung der Jugendlichen zur Freiheit und Bindung 67

Die Verantwortung der Familie für die Sonntagsheiligung und für den Gottesdienst . . . 73
Die Familie in der Gemeinde und in der Schule 77

III. Eheleute unter dem Kreuz 80

Belastungen der Ehe 80
Die geschiedenen Wiederverheirateten in der Kirche 93

Quellenverzeichnis 100

Anhang: Ehe- und Familienarbeit des Erzbistums Paderborn 105

Ehevorbereitung 106
Ehevorbereitungsseminare 106
Partnerschaftstraining 106
Jugendarbeit 106
Ehe- und Familienbegleitung 107
Familiengruppenarbeit 107
Sakramentenpastoral 108
Verbandsarbeit 109
Tageseinrichtungen für Kinder 109
Schule 110
Familienbildungsstätten 111
Diözesan-Bildungswerk 112
Familienerholung 114
Familienpädagogische Freizeiten 114
Ehe und Familie in Sonder- und Notsituationen 115

Familienbund der Deutschen Katholiken . . 120
Familienheim-Hilfswerk 121
Ehe- und Familienberatung. 122
Beratungsstellen für Ehe-, Familien- und Lebensberatung 122
Beratungsstellen für Eltern, Kinder und Jugendliche 123
Beratungsstellen für schwangere Frauen in Not- und Konfliktsituationen 123
Aktion Familie 124

Einführendes Wort

Das Miteinander von Eltern und Geschwistern war für mich die erste Erfahrung von Gemeinschaft: In diesem Miteinander habe ich gelernt, im Mitmenschen den Nächsten zu sehen.
Die Familie war die erste Glaubensgemeinschaft, die ich erlebt habe: Durch das Glaubensbeispiel der Eltern und Geschwister ist mein Glaube gewachsen.
Die Familie war für mich der erste „Kirchenraum". In ihm habe ich betende Eltern und Geschwister erlebt und selber beten gelernt.

So ist es heute noch in vielen Familien. So muß es heute auch in vielen Familien wieder werden. Ehe und Familie sind die Grundlagen für unser menschliches Leben und entscheidend für das Wachsen christlichen Glaubens. Christus selber hat im Gebot der Liebe, in seinem Wort zur Ehe und in seiner Einstellung gegenüber den Kindern dazu Grundlegendes vorgezeichnet. Als Erzbischof sehe ich deshalb im Bereich Ehe und Familie einen Schwerpunkt der Pastoral und Verkündigung.

Die Texte dieses Buches sind eine Auswahl aus der Verkündigung der letzten Jahre. Sie möchten Weisung und Handeln des Herrn für die Ehe und Familie unserer Zeit verdeutlichen. Sie sollen ermutigen, die Zeit der Ehevorbereitung und die Gemeinschaft von Ehe und Familie im Geist Jesu Christi zu leben.

Aber Worte allein genügen nicht. Eine Dokumentation am Ende des Buches zeichnet Aktivitäten und Einrichtungen in unserem Erzbistum Paderborn auf, die der lebendigen Gemeinschaft von Ehe und Familie dienen und Ehepartnern und Kindern in besonderen Schwierigkeiten helfen wollen.

+ Johannes Joachim Degenhardt
Erzbischof

„Ein Segen sollt ihr sein“

Als Gott den Abraham zu seiner großen Aufgabe berief, gab er ihm die Verheißung: „Ein Segen sollst du sein“ (Gen 12,2). Diese Erwartung steht als Zuspruch Gottes über jeder christlichen Ehe. Mann und Frau sollen füreinander ein Segen sein und einander glücklich machen. Vater und Mutter sollen für ihre Kinder ein Segen sein, eine unersetzliche Hilfe zu einem gelungenen Leben. Christliche Ehen und Familien sollen ein Segen sein für die Kirche und für die menschliche Gesellschaft, ein Zeichen der Hoffnung für unsere Zeit![1]

Das Wort der Heiligen Schrift

Jesu Wort zur Ehe

Da kamen Pharisäer zu ihm und fragten: Darf ein Mann seine Frau aus der Ehe entlassen? Damit wollten sie ihm eine Falle stellen. Er antwortete ihnen: Was hat euch Mose vorgeschrieben? Sie sagten: Mose hat erlaubt, eine Scheidungsurkunde auszustellen und (die Frau) aus der Ehe zu entlassen. Jesus entgegnete ihnen: Nur weil ihr so hartherzig seid, hat er euch dieses Gebot gegeben. Am Anfang der Schöpfung aber hat Gott sie als Mann und Frau geschaffen. Darum wird der Mann Vater und Mutter verlassen, und die zwei werden ein Fleisch sein. Sie sind also nicht mehr zwei, sondern eins. Was aber Gott verbunden hat, das darf der Mensch nicht trennen.
Zu Hause befragten ihn die Jünger noch einmal darüber. Er antwortete ihnen: Wer seine Frau aus der Ehe entläßt und eine andere heiratet, begeht ihr gegenüber Ehebruch. Auch eine Frau begeht Ehebruch, wenn sie ihren Mann aus der Ehe entläßt und einen anderen heiratet. (Mk 10,2-12)

Jesus und die Kinder

Da brachte man Kinder zu ihm, damit er ihnen die Hände auflegte. Die Jünger aber wiesen die Leute schroff ab. Als Jesus das sah, wurde er unwillig und sagte zu ihnen: Laßt die Kinder zu mir kommen; hindert sie nicht daran! Denn Menschen wie ihnen gehört das Reich Gottes. Amen, das sage ich euch: Wer das Reich Gottes nicht so annimmt, wie ein Kind, der wird nicht hineinkommen. Und er nahm die Kinder in seine Arme; dann legte er ihnen die Hände auf und segnete sie. (Mk 10,13-16)

Ehe und Familie bedürfen der Deutung vom Glauben her

Der Mensch hat von Anfang der Menschheit an nach den Grundbedingungen seines Lebens gefragt: Der Tod gab ihm Rätsel auf und die Geburt und nicht zuletzt das Miteinander von Mann und Frau. Er hat nach einem tieferen Sinn der Liebe zwischen Mann und Frau geforscht und Antworten gesucht. Es gibt manche Antworten im Lauf der Geschichte. Von Anfang an hat in der Geschichte der Menschheit die Religion eine wichtige Rolle gespielt. Auf die verschiedenste Weise zeigt sich das schon in Kulten und Gebräuchen alter Völker. Die jeweils geltenden sittlichen Normen im Bereich des geschlechtlichen Lebens hängen eng zusammen mit den religiösen Vorstellungen.

Auch das Volk Israel versuchte, tiefer das Geheimnis der Beziehungen von Mann und Frau zu deuten und aus dem Glauben an Gott, den alleinigen Herrn und Schöpfer des Lebens, konkrete Ordnungen festzulegen. . . .

Als Christus als das Wort Gottes in dieses menschliche Leben eingetreten war, wurde sein Wort der Deutung, des Verstehens und auch der Anforderung das eigentlich Entscheidende. Zwar findet sich im Neuen Testament keine ausgeführte Lehre über eheliches und außereheliches geschlechtliches Verhalten, doch hat Jesus Christus seine sittlichen Weisungen radikal unter den Anspruch des Reiches Gottes gestellt: Weil Gott uns Menschen mit unwandelbarer Treue liebt, fordert Jesus auch für die Ehe lebenslange Treue und Beständigkeit in der Liebe.[2]

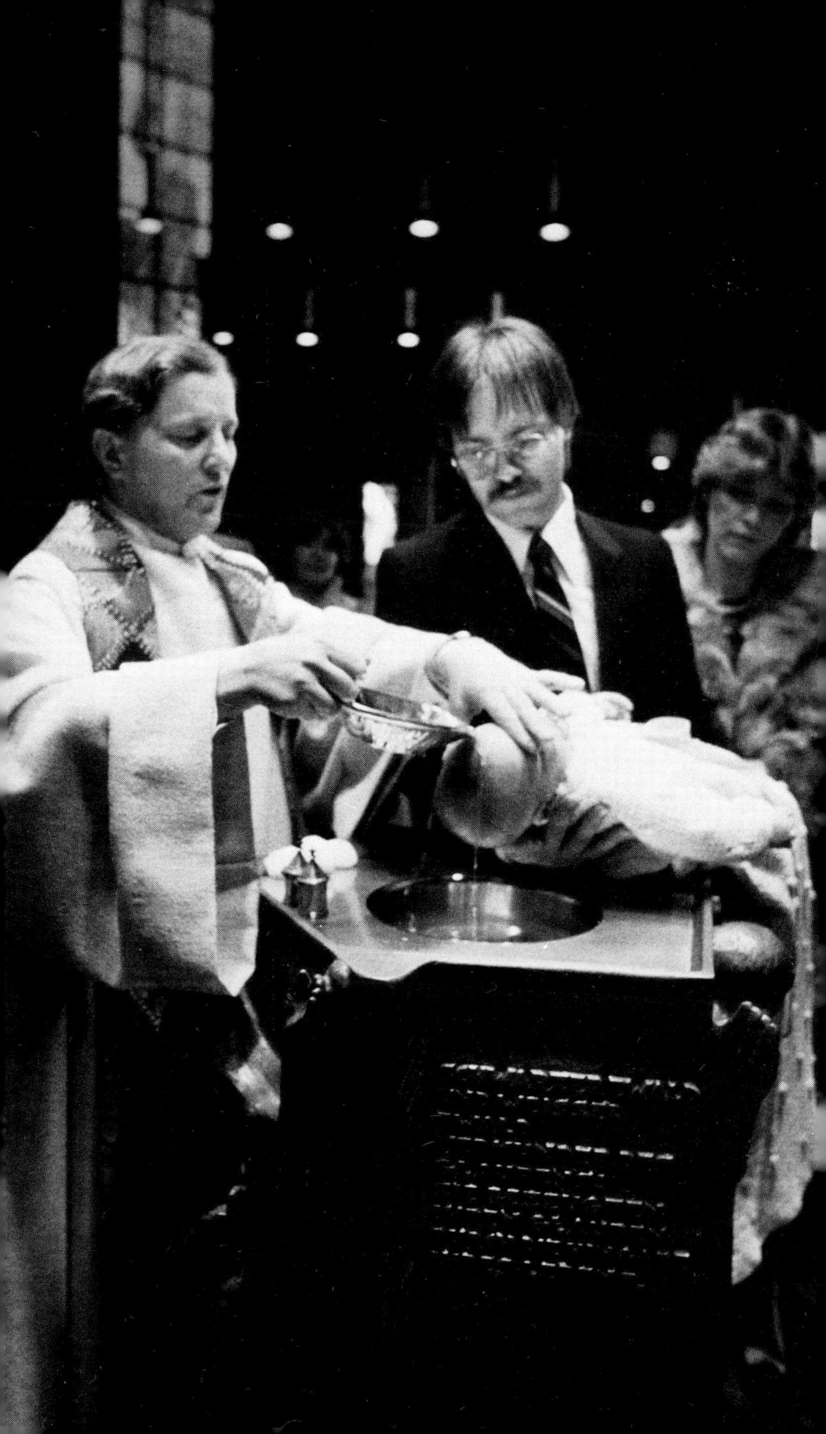

RELIGIONS

25

I.

Mann und Frau in Gemeinschaft

Grundaussagen zur Ehe

Ehe als Bund

Gott hat mit den Menschen einen unwiderruflichen Bund geschlossen; er hat von sich aus Beziehungen zum Menschen hergestellt, die z. B. im Alten Testament beschrieben werden im Bund zwischen Jahwe und dem Volk Israel und im Gleichnis von der Ehe. Offenbar ist die Ehe das höchste irdische Gleichnis für diesen Gottesbund. Der Prophet Hosea darf die verheißungsvolle Botschaft Gottes dem Volk weitersagen: „Ich traue dich mir an auf ewig; ich traue dich mir an um den Brautpreis von Gerechtigkeit und Recht, von Liebe und Erbarmen, ich traue dich mir an um den Brautpreis meiner Treue: Dann wirst du den Herrn erkennen" (Hos 2,21f.). In diesem alttestamentlichen Text wird die Ehe als ein ganz hoher Wert dargestellt. So redet das Alte Testament von der Ehe Gottes mit dem Volk Israel. Der einzigartige Bund der Ehe scheint das angemessene Bild zu sein, mit dem man den ebenfalls einzigartigen Bund Jahwes mit seinem Volk veranschaulichen kann. Fast möchte man sagen, die Ehe ist die adäquateste Modellvorstellung für Gottes Bund mit seinem Volk.[3]

Ehe – Ausdruck der Liebe Christi

Mann und Frau streben durch ihre gegenseitige Hingabe zu einer personalen Gemeinschaft, in der sie sich selbst verwirklichen, zu einer vollen menschlichen Liebe, in der das neue Gebot Tag für Tag Realität wird, jenes Hauptgebot, in dem Christus sagt: „Ihr sollt einander lieben, so wie ich euch geliebt habe.“ Wie menschliche Liebe aussehen soll, wird deutlich im Leben, im Leiden und Sterben Jesu Christi, insbesondere in seinem Tod am Kreuz. Wenn wir wissen wollen, wie unsere Liebe zum Nächsten aussehen soll, müssen wir Maßstab und Kriterium im Handeln Jesu Christi sehen. Nicht Macht und Unterdrückung, sondern Dienst und Hilfsbereitschaft sollen nach dem Willen Christi in der Beziehung von Mann und Frau in der Ehe Maßstab auch für die Familie sein.[4]

Ehe als Sakrament

In der Ehe wird die Liebe Christi zu seiner Kirche abgebildet und nachvollzogen. Die Liebe Christi selbst wirkt im Bund von Mann und Frau. Darum können wir die Ehe Sakrament nennen, das heißt, sie ist ein wirksames Zeichen, das die Liebe Gottes zu den Menschen hier und jetzt und immer wieder gegenwärtig setzt und erfahrbar macht. Im gesamten Lebensvollzug stellt der eine Ehepartner dem anderen diese Liebe dar. Sie ist auch dadurch nicht endgültig aus ihrer Gebrochenheit erlöst, aber in ihr wirkt eine Kraft auf jene Vollendung hin, auf die Gott den Menschen zugehen läßt. Die Treue Gottes zum Menschen wird in der Treue der Ehegatten zueinander nachvollzogen und verwirklicht.[5]

Ehe als Kraftquelle

Da Christus die Ehe zum Sakrament seines Bundes mit uns Menschen gemacht hat und den Eheleuten Anteil an seinem Leben gibt, wird die Liebe der Eheleute in Christi Liebe hineingenommen, mit der er die Kirche liebt. So wird das Sakrament der Ehe eine dauernde Kraftquelle zu einem gemeinsamen Leben und Zeugnis, zur beständigen Liebe und Treue.[6]

Ehe als Partnerschaft

Nicht Macht und Unterdrückung, sondern Dienst und Hilfsbereitschaft sollen nach dem Willen Christi die partnerschaftlichen Beziehungen von Mann und Frau in der Ehe prägen. In der christlichen Ehe partnerschaftlich leben ermutigt, Grund-Werte unseres Glaubens einzuüben, zu erfahren und zu leben. Werte wie Treue, Liebe, Umkehr, Verantwortung füreinander, Hoffnung und Vertrauen sind Grunderfahrungen in Partnerschaft wie auch Fundamente christlichen Glaubens. Die partnerschaftliche Ehe kann zwar in Spannung, muß aber nicht im Widerspruch zur Ehe als Institution stehen.[7]

Ehe als Freundschaft

Pater Jakob David hat in einem Artikel die Frage gestellt, ob der Ausdruck „Partnerschaft“ nicht etwas zu sehr Geschäftliches an sich trage. Man spreche ja von Sozialpartnern, Geschäftspartnern, aber seiner Meinung nach scheine das der Ehe nicht genügend gerecht zu werden. Ein amerikanischer Priester habe den Vorschlag gemacht, als Grundbegriff für die Ehe das Wort „Freundschaft“ zu wählen. Auch dieses Wort decke nicht alles ab, was Ehe besagt, aber es scheine doch vieles gut zum Ausdruck zu bringen, was heute die Menschen mit ihr meinen.

Gerade wenn wir die Bedeutsamkeit des ehelichen Verhältnisses der Gatten für die Familie, d. h. insbesondere für die Atmosphäre, in denen Kinder mit ihren Eltern zusammenleben, betrachten, kann uns das Wort von der Freundschaft, das die personale Beziehung und die dadurch hervorgerufenen emotionalen Bindungen beschreibt, weiterhelfen. Freundschaft ist ein sehr vielfältiges Gebilde. Sie ist zunächst ein personales Verhältnis, das auf Zuneigung und Wertschätzung von Person zu Person aufbaut. Sie meint die ganze Person des anderen, nicht bloß diese oder jene Eigenschaft. Freundschaft setzt auch den Einsatz der ganzen Person der Freunde voraus, dabei sollen die Schwächen nicht übersehen werden. Denn nicht die Liebe macht blind, sondern nur Liebelei, Verliebtheit und Leidenschaft. Aber in der Freundschaft wird man auch die weniger guten Eigenschaften des anderen akzeptieren und mithelfen, sie zu tragen, zu ergänzen und zu beseitigen, soweit es nötig ist.

Freundschaft ist nur möglich in Freiheit. Sie kann nicht erzwungen werden, sie ist nicht einfach vorgegeben. Deshalb unterscheidet sie sich im wesentlichen von Kameradschaft, wie sie im Betrieb, im Sport, in der Schule besteht. Auch sexuelle augenblickliche Anziehung genügt nicht und wird nicht durchhalten.

Freundschaft läßt dem anderen seine eigene Freiheit und seine Eigenart. Gerade in der heutigen Ehe ist dieses Freilassen des anderen von ganz besonderer Wichtigkeit. Denn viele Eheleute empfinden die Rollen, die sie in der Ehe zu spielen haben, nicht mehr so selbstverständlich als vorgegeben, wie das in früherer Zeit der Fall war. Vor allem die jüngeren Frauen haben – wie die Männer – Schulen besucht, sie haben einen Beruf erlernt und auch selbstverständlich ausgeübt, sie haben größere Bekanntenkreise und oft Interessen gesellschaftlicher und kultureller Art. Sie brauchen auch in Ehe und Familie einen größeren Freiheitsraum und selbständigere Betätigungsmöglichkeiten als früher.
Die Folgerung aus einer solchen Freundschaft ist, daß auch in der Familie eine „distanzierte Nähe" besteht; denn die Glieder der Familie brauchen einen Schutzraum für ihre Eigenständigkeit und Entwicklung. Wenn man daher sagt, „Meine Frau", „mein Mann", „meine Kinder", so bedeutet das heute nicht, daß man ein Besitzverhältnis angeben will. Es kann nicht heißen: „Diese Frau gehört mir", sondern nur: „Sie gehört zu mir und ich zu ihr." Manche Ehen können daran scheitern, wenn ein Teil den anderen besitzen und zu eng an sich binden will. Nicht nur die Eheleute, sondern auch die Kinder können dabei seelisch verkümmern, und sie werden früher oder später aus solch einem Gefängnis auszubrechen suchen. In der Freundschaft ist auch die Kraft erforderlich, Spannungen, Meinungsverschiedenheiten und Eigensinnigkeiten zu ertragen und daraus Rücksichtnahme und tiefere Zuneigung zu erlernen.
Freundschaft bedeutet im tiefsten Sinne Gemein-

schaft: Was mein ist, ist dein, und was dein ist, ist mein. Entscheidend ist es, daß die Kinder diese Einheit und Gemeinschaft der Eltern erleben, in guten und in bösen Tagen, auch in Krankheit und Not. Eine solche Gemeinschaft macht den anderen frei, bindet ihn aber zugleich in der Liebe, in der Freiheit. Das verlangt allerdings eine große sittliche Leistung, ein Distanzhalten zu sich selbst, eine Loslösung von Egoismus und Besitztrieben, eine große eigene innere Freiheit und Selbständigkeit. Das alles hat mit Verantwortung und Opferbereitschaft und Treue zu tun. Eine solche Freundschaft wächst nicht an einem Tag, und sie kann auch nicht von heute auf morgen beendet werden; denn die Liebe zum anderen braucht die Dauer, das Ja, auch morgen und übermorgen. Denn man kann nicht für Ehe, Liebe und Familie das Leben einsetzen, ohne das Vertrauen zu haben, lebenslang verbunden zu sein und unverbrüchlich aufeinander bauen zu können. Natürlich sind Ehe und Familie noch mehr als Freundschaft oder eine Freundschaft besonderer Art. Jedenfalls aber sollen die Kinder in der Familie aus der Freundschaft von Vater und Mutter selbst die Fähigkeit erfahren und erlernen, die anderen Glieder der Familie anzunehmen, sie wissen sich dann auch selbst angenommen.[8]

Ehe als Lebensentscheidung

Sind wir Menschen zu einer endgültigen Entscheidung fähig? Ja, wir sind es! Wir sind es, weil wir mit unserer Entscheidung nicht allein stehen. Gott hat sich nämlich endgültig und ohne Vorbehalte für uns entschieden: Gott hält uns die Treue.

Und wenn wir versuchen, nach seinem Willen zu leben, selbstlos liebend, wie das Evangelium es uns aufgibt, dann haben wir Anteil an der Treue Gottes. Ich kann einem Menschen für alle Zeit treu sein, weil Gott mir treu ist. In diese Treue Gottes werden Ehepartner hineingenommen, wenn sie sich das Sakrament der Ehe spenden.[9]

Keine Ehe auf Zeit

Gewiß gibt es viele alltägliche Entscheidungen, von denen nicht viel abhängt . . . Es gibt aber auch Entscheidungen, die lebensbestimmend sind. Dazu gehört die Entscheidung für den Partner in der Ehe. Ein Schweizer Arzt schreibt: „Die ganz wichtigen Dinge im Leben: Geboren werden, zeugen, gebären und sterben kann man nicht probeweise, sondern nur endgültig tun. So ist es auch mit dem Heiraten; denn es gehört zu diesen ganz wichtigen Dingen." Deshalb gibt es keine Ehe auf Probe oder Ehe auf Zeit. Vielen Menschen erscheint eine solche unwiderrufliche Entscheidung heute als Überforderung.[10]

Ehe als institutioneller Grundwert

Es muß immer wieder darauf hingewiesen werden, daß es neben personalen Grundwerten, zum Beispiel Leben, Menschwürde, Freiheit, Gerechtigkeit, Solidarität, Selbstentfaltung auch institutionelle Grundwerte gibt – und da sind die wichtigsten: Ehe und Familie. In der öffentlichen Diskussion stellt sich immer mehr eine gegensätzliche Begründung dieser Grundwerte heraus. Für uns Katholiken sind Grundwerte und Grundnormen in der Natur des Menschen begründet, im letzten vom Schöpfer vorgegeben und deshalb im wesentlichen unabänderlich. In breiten Kreisen Andersdenkender wird allerdings die Auffassung vertreten, daß Grundwerte und Grundformen auf Konventionen, das heißt auf der jeweiligen Verständigung der Menschen, beruhen. Diese Konventionen können dauernd verändert werden, je nachdem, was die Bürger für zeitgemäß halten. Die Meinung, daß Ehe und Familie auf Grund menschlicher Absprachen in der Vergangenheit sehr nützlich gewesen seien und darum auch eine echte Norm bedeutet hätten, daß sie aber in unsere Zeit nicht mehr hineinpaßten und deshalb auf Grund von neuen Konventionen abgelöst werden könnten, ist weit verbreitet. Wenn heute vielfach aus der bisherigen Tradition von Ehe und Familie ausgebrochen wird und neue Formen des geschlechtlichen Zusammenlebens gewählt werden, dann steckt im letzten diese Auffassung von der Veränderbarkeit der bisherigen Normen dahinter.

Die Diskussion über Werte und Normen von Ehe und Familie wird die Kirche daher noch sehr stark beschäftigen. Um so wichtiger erscheint es, daß Ehe und Familie vorbildlich gelebt werden und daß alle Gruppierungen, die sich für eine gesunde Ehe und Familie einsetzen, sich auch zu einer Allianz des guten Willens zusammenschließen. Dazu gehört auch die Aufgabe, für ein gesundes Familienleben dadurch zu sorgen, daß familiengerechte Wohnungen zur Verfügung stehen. Das ist nicht nur eine Hilfe für die Familie, sondern auch ein Bekenntnis zur Familie. Jedes Familienheim, das gebaut wird, und alle familiengerechten Wohnungen sind heute ein steingewordenes Bekenntnis zum Grundwert Familie und zugleich ein Schritt auf dem Wege zur Vermögensbildung für alle. Diesem Anliegen mißt die Kirche aus menschlichen und gesellschaftlichen Gründen eine hohe Bedeutung zu.[11]

Ehe als Ort der Sicherheit

Eine weitere Konsequenz aus der Sicht der gläubigen Ehe zieht Jesus Christus selbst: „Was Gott verbunden hat, das darf der Mensch nicht trennen“ (Mt 19,6). Er sagt es, um Menschen, damals vor allem die Frau, vor fundamentaler Unsicherheit zu schützen. Auf Grund der Gebrochenheit des Menschen durch die Sünde bedarf er eines äußeren Schutzes. Die Ehe ist nicht gegen die Entfaltung des Menschen gegründet, sondern sie soll sie gewährleisten. Gott will die Freude des Menschen und darum jenen Raum absichern, in dem der Lebensbund zweier Menschen sich entfalten kann.[12]

Ehe im sozialen Beziehungsfeld

Eine andere Dimension, die nicht berücksichtigt würde, ist der Sozialbezug des Paares. Die Beziehung zweier Partner kann nicht gelingen, wenn sie nicht bis zu einem gewissen Grad auch von ihrer Umgebung akzeptiert wird. Das isolierte Glück zu zweit gibt es auf Dauer nicht, und der eine Partner wird mit dem anderen nicht zufrieden sein, wenn er nicht auch nach außen hin für ihn eintritt.

Damit drängt die Liebe der zwei immer schon über sich hinaus auf die anderen, mit denen man in einer größeren übergreifenden Gemeinschaft zusammenlebt. Von deren gemeinsam akzeptierter Wertordnung hängt weithin auch das persönliche Verständnis der Ehe ab.[13]

Ehe als Zeichen der Hoffnung

Ein ganz entscheidendes Zeichen der Hoffnung setzen für mich die Eheleute und Familien, die in aller Stille ihr Haus in Ordnung halten, ihre Kinder lieben und erziehen, Kranke und Alte pflegen. Auch dürfen wir nicht die vielen Menschen übersehen, die Tag für Tag ihrer beruflichen Verpflichtung nachgehen und ihre Pflicht tun. Es sind normale Menschen und scheinbar nicht sensationelle. Der Blick der Öffentlichkeit braucht die Sensation, die Krisen, die Katastrophen. Doch die Antworten auf die Fragen unserer Zeit liegen in der Stille und oft bei den Stillen.[14]

Eheleute als Zeugen für eine bessere Welt

Die Lebenserfahrung des einzelnen wird nicht genauso ernst genommen wie das Fachwissen der Spezialisten. Ehe und Familie genießen nicht die Achtung wie Wirtschaft und Geld. Die Gesellschaft übersieht häufig den Wert von Ehe und Familie und die darin sichtbar werdende Kraft.
Wo aber die Lebenserfahrung und das Lebenszeichen des einzelnen nicht mehr ernst genommen wird, wird der einzelne isoliert und entmündigt. Spezialisten übernehmen für ihn die Verantwortung. So können wir heute in vielen Bereichen von einer Entmündigung der Eltern sprechen, von einem Rückzug ins Private.

Als Christen dürfen wir diesen Rückzug nicht gutheißen.
Denn . . . die Vision einer besseren Welt beginnt sich auch heute in vielen Ehen und Familien zu erfüllen. Gerade christliche Eheleute müssen davon Zeugnis geben, damit Angst, Ohnmacht und Hoffnungslosigkeit sich nicht weiter breitmachen.[15]

Ehe und Geschlechtlichkeit

Geschlechtlichkeit bejahen

Wenn Mann und Frau Bild und Gleichnis Gottes sind, wenn ihre Liebe, Treue und Schöpferkraft Abbild von Gottes Liebe, Treue und Schöpferkraft sind, dann ist der Ehe eine kaum zu überbietende Würde zugesprochen und prinzipielle Ablehnung des Geschlechtlichen nicht möglich. Jede Ehe weist über sich hinaus.[16]

Sinngebung durch die Heilige Schrift

Im Bericht von der Erschaffung des Menschen sagt die Schrift: Es ist nicht gut, daß der Mensch allein sei. Jetzt beginnt eine dramatische Schilderung des großen Schenkens Gottes: Alle Wirklichkeit der Welt wird dem Menschen zugeführt, nach den Reichtümern des Gartens die Tiere, aber keines dieser Tiere kann ihm antworten. Es findet sich keine Hilfe, die dem Menschen entspricht. Und so kommt das Schenken Gottes auf einen einmaligen Höhepunkt, wo er dem Mann die Frau zuführt. Eine ganz intensive Bindung wird gestiftet, die sogar die Bindung an die Eltern übertrifft.

Das ist eine entscheidende Phase der Sinndeutung des Glaubens im Blick auf die Ehe, die auch heute gilt: In ihr vollendet sich das Schenken Gottes. Was der Mensch hier an Erfüllung erfährt, ist ihm von Anfang an zugedacht. Wo zwei Menschen sich finden und sich in Liebe und Ehe aneinander binden, dürfen sie gläubig bekennen: Gott hat uns füreinander erschaffen. Hier können sie wirklich ahnen, wie gut Gott ist. Die Heilige Schrift hat kein schöneres Bild gefunden, um auch die Vollendung des Menschen in Gott zu beschreiben; sie hat die letzte Erfüllung des Menschen immer wieder als einen Ehebund Gottes mit seinem Volke gesehen.

Der zweite Schritt der Deutung, den der Autor der Genesis tut, zeigt, daß er die Wirklichkeit nüchtern sieht. Er weiß, daß die Menschen nicht mehr im Paradies leben; er weiß aber auch, daß der Mensch an den Höhepunkten seines Glückes erfährt, was Gott ihm eigentlich zugedacht hat. Doch der Mensch kann die Höhe dieses Glückes nicht halten. Er nimmt seine eigenen Schwächen in die Verbindung mit, seine Vorstellungen von Über- und Unterordnung, seinen Hang zur Konkurrenz, seine innere Unausgeglichenheit. Der Verfasser der Genesis weiß, daß die Schuld des Menschen nicht nur einen Schnitt zwischen Gott und Mensch legte, sondern auch die Beziehung von Mann und Frau zueinander beeinträchtigt hat. Das ist eine Erfahrung, die auch wir immer wieder machen.[17]

Weisungen sind notwendig

Es steht zunächst außer Frage, daß es keine sogenannte „neutrale Sexualethik“ gibt, die sich aus voraussetzungslosen Humanwissenschaften zwingend und „rein wissenschaftlich“ ableiten ließe.

„In welcher Gestalt auch Sexualethik begegnet und von welchen Maximen bzw. Leitvorstellungen sie auch bestimmt sein mag, sie steht erfahrungsgemäß in jedem Fall unter weltanschaulichen, theologischen und auch ideologischen Vorzeichen; sie wird präjudiziert von einem Menschenbild und einer Weltsicht, die eindeutig das übersteigen, was auf der Ebene positiv-empirischer Wissenschaft vorfindbar und zu belegen ist“ (Professor Stoeckle, Freiburg).

Dabei handelt es sich in der Moral – nicht nur in der Sexualmoral – immer auch um Voraussetzungen, die man zwar aufweisen, aber nicht im naturwissenschaftlichen Sinne beweisen kann; man kann sie anerkennen oder ablehnen. Es spielt eine Art „Glauben“ eine bedeutsame Rolle. Auch heutige Theorien zu sexuellen Problemen beruhen zum Teil auf weltanschaulichen Wertungen, politischen Interessen und vorwissenschaftlichen Wertungen.

Empirische Wissenschaften können als solche keine sittlichen Werturteile fällen. Die Erkenntnisse der Humanwissenschaften, der Biologie, Medizin, Soziologie, Psychologie, Politologie und der Lebenspraxis können uns sagen, wie der Mensch seine Gesundheit, sein eheliches Zusammenleben oder sein soziales Wirken unter bestimmten konkreten Umständen verwirklichen kann. Wann aber privates, eheliches oder gesellschaftliches Leben sittlich gut oder böse ist, muß aus Normen abgelesen werden, die mit dem Menschsein gegeben sind und die durch eine philosophische und theologische Anthropologie begründet werden und die empirischen Wissenschaften übersteigen. Freilich sind dabei auch deren Aussagen zu bedenken. So ist beispielsweise die Erkenntnis der Humanwissenschaften aufzunehmen, daß der Mensch, falls er überhaupt noch Zukunft auf dieser Erde haben will, sich einschneidende Verzichte und Beschränkungen auferlegen muß. Das gilt für alle Bereiche, auch für das Geschlechtsleben.[18]

Geschlechtlichkeit und Liebe

Wir können unser Menschsein nur voll entfalten, wenn wir unsere Geschlechtlichkeit annehmen, bejahen und in unsere Gesamtpersönlichkeit integrieren. Partnerschaftsfähig und im tiefsten Sinne liebesfähig werden wir nur als Mann und Frau.
Wie alle zwischenmenschlichen Beziehungen muß auch die Beziehung der Geschlechter von der Liebe und der Achtung voreinander bestimmt sein. Deshalb darf geschlechtliches Handeln den Partner nicht als Sache oder als Objekt der Befriedigung der eigenen Bedürfnisse mißbrauchen, selbst wenn das im gegenseitigen Einvernehmen geschähe.[19]

Hingeordnet auf die Weckung neuen Lebens

Die Liebesbeziehungen zwischen Mann und Frau sollen sich in frohen und in schweren Stunden festigen und vertiefen. Dabei kommt der Geschlechtlichkeit von Mann und Frau eine besondere Bedeutung zu.

Die geschlechtliche Vereinigung ist Ausdruck tiefster Innigkeit und dient in besonderer Weise dem Wachsen der Liebe und der personalen Entfaltung von Mann und Frau. Gleichzeitig ist sie hingeordnet auf die Weckung neuen Lebens. Darum gehört der Wille zum Kind zum gültigen Abschluß einer Ehe.[20]

Unauflöslichkeit der Ehe und Treue der Partner

Treue – begründet in Gott

Unwiderrufliche Treue hat ihren Grund nicht nur im Menschen, sondern letztlich in Gottes Treue.[21]

Gottes Treue und unsere Berufung zur Treue

Die Treue ist ein hohes Gut. Weil Gott treu ist, sollen auch wir als seine Kinder treu sein, jeder in der Berufung, die an ihn ergangen ist. Der Apostel Paulus schreibt: „Treu ist Gott, durch den ihr berufen worden seid zur Gemeinschaft mit seinem Sohn Jesus Christus, unserem Herrn“ (1 Kor 1,9).
Jeder von uns hat seine ganz persönliche Berufung erfahren, in der er sich als treu erweisen soll. Die Eheleute leben diese Treue in der Ehe und in der Familie. Die Alleinstehenden leben diese Treue in einer anderen Form. Priester und Ordensleute sind ebenfalls dem hohen Gut der Treue verpflichtet. Wir alle sind durch die Tugend der Treue an unsere Berufung gebunden. Möge Gott zu einem jeden von uns sagen: „Du bist im kleinen ein treuer Verwalter

gewesen, ich will dir eine große Aufgabe übertragen. Komm, nimm teil an der Freude des Herrn" (Mt 25,21).[22]

Treue – die andere Seite der Liebe

Der Philosoph Gabriel Marcel sagt: „Lieben heißt, zum anderen sagen: Du sollst leben, du sollst nicht untergehen." Wer das sagt, tut es aus der Gewißheit heraus, daß es im anderen etwas schlechthin Gültiges gibt, das nicht durch Sünde und Versagen, ja nicht einmal durch den Tod in Frage gestellt werden kann. Eine solche Liebe lebt aus der Treue. Die Treue ist die andere Seite der Liebe. Sie sagt, ich halte an dir fest, komme, was da wolle. Ich setze darauf, daß es sich mit dir lohnt, wie immer dein Leben auch verlaufen mag. Eine solche Treue ist der Ehe nicht von außen auferlegt, sondern ist ein ihr innerlicher Besitz.[23]

Schutz für die Partner

Es kann sich in der Ablehnung der Ehe auf Dauer auch eine Form des Unglaubens gegenüber Gott verbergen. Es wird nicht gesehen, daß der Glaube in keiner Weise der Verwirklichung des Menschseins entgegensteht, sondern gerade durch den Schutz der Zweierbeziehung durch eine Ehe, die auch von ihrer Umgebung mitgetragen wird, die Bedingung dafür schafft, daß Menschen miteinander zur Erfüllung kommen.[24]

Menschlicher Wert der Treue

Ich weiß, daß die meisten Eheleute die Treue als ein hohes Gut ansehen und in ihrer Ehe versuchen, einander in Liebe und Treue zu helfen. Treue ist nötig für das menschliche Zusammenleben. Sie verleiht Sicherheit und Geborgenheit. Durch sie wird der innerste Wille der Liebe dem Wechsel der Gefühle und der Willkür entzogen. In der Treue gewinnt die Liebe Dauer. Weil junge Leute heute soviel Untreue erleben, darum trauen sie sich oft nicht mehr, sich trauen zu lassen.[25]

Erziehung zur Treue

Treue zu leben und durchzuhalten darf nicht als eine Aufgabe verstanden werden, die erst in der Ehe beginnt oder die auf die Ehe zu beschränken ist. Ja-Sagen zu einem Menschen oder zu einer Lebensrichtung, Durchhalten einer Entscheidung oder eines eingeschlagenen Weges, solches Einüben von Treue beginnt früher im menschlichen Leben. Diese Erfahrung von Treue ist ein durchgängiger und bereits im frühkindlichen Alter beginnender Zug verantwortlicher Erziehung.
Eltern sollten sich fragen, welche Rolle dieser Grundwert der Treue in ihrer Erziehung spielt, wo sie ihren Kindern Hilfen und Hinweise für das Durchhalten von Entscheidungen geben. – In unserer Bildungsarbeit, in unserer Verkündigung und im Durchtragen von Aufgaben in der Gemeinde sollten wir auf Einübungsfelder von Treue hinweisen. Für Gruppen in verschiedensten Altersstufen ergeben sich konkrete

Realisierungsmöglichkeiten von Treue und Vermittlungen in der Erfahrung, daß Treue die Unterstützung durch andere braucht.[26]

Schwierigkeit für Jugendliche

Man kann feststellen, daß junge Menschen, die zusammenleben, ohne vor dem Standesamt oder durch eine kirchliche Trauung verheiratet zu sein, für dieses Miteinander eine bestimmte Ordnung gelten lassen. Es gilt auch in Kreisen der Jugendlichen als unfair, wenn ein anderer in ein solches Beziehungsfeld und in eine solche Gemeinschaft eindringt. Ungeschriebene Gesetze und Normen regeln auch die Beziehung dieser jungen Menschen zueinander. Das Problem, um das es sich hier handelt, besteht meistens nicht darin, daß man nicht in einer Einehe leben möchte, sondern darin, daß man die Endgültigkeit einer unauflöslichen Bindung ablehnt. Man glaubt, eine solche Dauerbindung menschlich nicht durchtragen zu können.

Viele wären heute glücklich, wenn es Eltern und Freunden solcher jungen Menschen gelingen würde, den Wert christlich gelebter Ehe vorzuleben und erfahrbar zu machen und ihnen den inneren Sinn menschlicher Liebe zu erschließen, die einen anderen Menschen ganz annimmt, ja zu ihm sagt, ihm gut ist und das eigene Leben mit dem geliebten Menschen teilen will. Jede Liebe drängt von sich her in Freiheit auf die ständige Treuebindung.[27]

Dienst der Kirche an der Gesellschaft

In der Verkündigung der Kirche muß deutlich werden, daß jede Ehe auf Lebenszeit geschlossen wird und daß deshalb eine zweite Ehe bei Lebenszeit des Ehepartners gegen Gottes Weisung verstößt. Die Kirche darf – sowohl um der intakten Ehen willen wie auch zum Heil derer, die nach der Scheidung sich wiederverheiratet haben – diese Glaubensaussage nicht verschweigen. Gerade in unserer Zeit haben die Katholiken der Gesellschaft von heute einen wichtigen Dienst dadurch zu leisten, daß sie in Wort und Tat die Unauflöslichkeit der Ehe und die eheliche Treue bezeugen.[28]

Heilende und verändernde Kraft für die Welt

Gerade das Gebot der Treue wird heute von vielen Menschen als Belastung, ja als Überforderung erlebt. Trotzdem kann und will die Kirche nicht auf dieses Gebot verzichten. Es ist eine Konsequenz des Liebesgebotes Jesu, und es hat gesellschaftliche Bedeutung. Aus der Treue der Eheleute wächst die Gerechtigkeit der Welt.
In der Vergebung der Eheleute zeigen sich konkrete Wege des Redens.
Der Glaube der Eheleute schenkt Achtung vor der Schöpfung. Die Hoffnung der Eheleute läßt neues Leben werden.
Hier zeigen zwei Menschen konkret auf, was Friede und gerechte Welt heißt, weil sie ihr Leben teilen. Hier wird es konkret erfahrbar, und manche Frage der Welt wird der Spekulation entzogen.

Aus dieser Sichtweise wird deutlich, warum wir glauben, daß gelebte Ehe heilende und verändernde Kraft für die Welt hat.[29]

Vielschichtige Ehevorbereitung

Notwendige Vorbereitung

Eine Ehe gut zu beginnen und gut zu leben, ist verheißungsvoll, aber auch schwierig. Auf jeden Beruf bereitet man sich vor, lange und intensiv. Auch auf die Ehe sollte man sich gut und ehrlich vorbereiten.[30]

Mut machen zur Ehe

Wir alle wissen, daß die Ehe und Familie zwar kein Paradies auf Erden ist, wohl aber die Möglichkeit bietet zu einem guten Zuhause, zu einem gemeinsamen Weg mit Zukunft und Hoffnung. Darum sollten wir jungen Menschen Mut machen zu diesem gemeinsamen Weg von Mann und Frau.[31]

Gute Voraussetzungen

Ich finde heute viel Positives bei den jungen Leuten: die Suche nach Sinn und Geborgenheit, den Wunsch nach Treue und Verläßlichkeit, die Offenheit für Kinder und vieles mehr. Das sind wertvolle Voraussetzungen für eine christliche Ehe. Ich möchte ihnen darum aus dem Glauben Mut machen zur Ehe.[32]

Ehevorbereitung durch die Erziehung

Man wird jungen Menschen am besten helfen, wenn die Erziehung zur bewußten Annahme der Geschlechtlichkeit führt, zur Vermittlung des erforderlichen Wissens und der sittlichen Normen, vor allem aber zur Liebesfähigkeit und Ehefähigkeit, also zur Achtung voreinander, zur Bereitschaft, füreinander einzustehen, dem anderen zu helfen und ihm gut zu sein.[33]

Ehevorbereitung durch die Eltern

Die Eltern möchte ich bitten, den jungen Menschen auf dem Weg zur Ehe zu helfen. Schenken Sie Ihren Kindern doch bitte Vertrauen und haben Sie Geduld mit ihnen, selbst wenn Sie nicht alles gutheißen können. Bleiben Sie im Gespräch mit ihnen und versuchen Sie, den Kindern die Grundsätze des Evangeliums und die Lehre der Kirche als Hilfen auf dem Weg zur Ehe einsichtig zu machen.
Die beste Hilfe aber, die Eltern ihren Kindern erweisen können, ist das gelebte Beispiel einer guten Ehe. Dabei können die Jugendlichen die Erfahrung machen, was Liebe und Partnerschaft im Leben bedeuten und wie eine christlich gelebte Ehe Glück und Geborgenheit schenkt.[34]

Ehevorbereitung durch die Familie

Junge Menschen sollten über die Würde, die Aufgaben und den Vollzug der ehelichen Liebe am besten im Kreis der Familie selbst rechtzeitig in geeigneter

Weise unterrichtet werden. Um eine Ehe und Familie zu gründen, braucht es eine gewisse Reife des Urteils und die Fähigkeit zu echter selbstloser Liebe. Deshalb sollen Ehen nicht zu früh geschlossen werden. Die Eltern sollten bei solcher Situation ihre Kinder uneigennützig beraten. Maßgebend muß das wahre Wohl der jungen Leute sein. Heute kann es nicht genügen, Gebote und Verbote, Normen und Anforderungen als Verpflichtung vorzulegen. Heute ist es von besonderer Wichtigkeit, aufzuzeigen, daß die sittlichen Weisungen befreiend und sinnvoll sind. Die befreiende Kraft der göttlichen Weisungen ist vorzuleben und erfahrbar zu machen und dadurch zu einem neuen Leben aus der Kraft des Glaubens in Jesus Christus zu befähigen.[35]

Ehevorbereitung in der Gesamtpastoral

Ehevorbereitung muß einbezogen sein in die Gesamtpastoral. Sie ist schon Sache der Jugendarbeit, des Religionsunterrichtes und auch der Verkündigung im allgemeinen. Wenn katholische Glaubensauffassungen jungen Menschen überhaupt nicht bekannt sind, dann liegt das nicht nur daran, daß sie nicht mehr zur Kirche kommen; dann liegt das auch daran, daß bestimmte Themen in der Verkündigung kaum oder gar nicht angesprochen werden. Bei aller Pluralität der Meinungen kommt es darauf an, daß alle Priester sich bemühen, eine einheitliche Auffassung zu verkünden, die mit der Lehre des Hirtenamtes der Kirche auch voll übereinstimmt.[36]

Mehr als gegenseitiges Verstehen

Oft hört man die Behauptung: „Die Hauptsache ist, daß wir uns verstehen. Da spielt doch alles andere – das Alter, die finanziellen Verhältnisse oder der Glaube – keine Rolle."
Ja, die Hauptsache ist, daß die beiden sich verstehen. Sie sollen ja in ihrer Ehe ein Herz und eine Seele werden. Dieses Einander-Verstehen ist aber im Laufe langer Ehejahre manchen Belastungen ausgesetzt. Darum muß die Frage lauten: „Stimmen wir in unseren Grundauffassungen so überein, daß wir mit allen Schwierigkeiten des Lebens gemeinsam fertig werden?"[37]

Gemeinsamer Glaube

Manche halten den gemeinsamen Glauben und die religiöse Betätigung gegenüber anderen Gemeinsamkeiten für nebensächlich. Ja, wer selbst im religiösen Leben gleichgültig ist, für den spielt der Glaube oder Unglaube des Partners keine Rolle, für den ist die religiöse Einstellung des anderen unwichtig. Wer aber aus seinem Glauben lebt und etwas auf seinen Glauben hält, der möchte, daß auch sein Partner so denkt und handelt wie er. Für eine christliche Ehe ist der gemeinsame Glaube von großer Bedeutung; denn der gemeinsame Besuch des Gottesdienstes und der gemeinsame Empfang der Sakramente verbinden die Ehepartner immer tiefer mit Christus und zugleich untereinander.[38]

Traugespräch mit dem Priester

Ehevorbereitung erhält in unserer Zeit ein immer größeres Gewicht. Fundamentale Glaubensaussagen und Verhaltensregeln des praktischen katholischen Lebens sind oft jungen Menschen nicht bekannt. Deshalb spielt das seelsorgliche Traugespräch eine bedeutsame Rolle: Alle Partner, die sich trauen lassen, kommen ja zum Priester. Und der Priester kann mit ihnen ein persönliches Gespräch führen. Dabei sind die Ehevorbereitungensseminare kein Ersatz für das seelsorgliche Traugespräch. Erst recht darf kein Priester sagen: „Sie haben ja ein Ehevorbereitungsseminar mitgemacht, da ist alles besprochen, was ich Ihnen sagen kann. Das seelsorgliche Traugespräch können wir deshalb reduzieren auf das Ausfüllen des Brautexamen-Formulars."
Das Traugespräch will mehr sein als das Ausfüllen eines Formulars. Es muß dort, wo es notwendig ist, zu einer Glaubensentscheidung führen. Man muß versuchen, zu erreichen, daß die Brautleute ihr Ja zum Wort Gottes und zur Lehre und Praxis der Kirche sprechen können. Das ist nicht so einfach zu erreichen, vor allem dann nicht, wenn beide Partner faktisch kaum gläubig sind. Da muß man versuchen, den Glauben zu wecken. In solchen Fällen können die Kriterien über eventuelle Zulassung oder Nichtzulassung zur Trauung verantwortungsbewußt überlegt werden.
Ferner geht es im Traugespräch darum, das katholische Eheverständnis zu verdeutlichen und die liturgische Handlung zu besprechen.[39]

Die Bedeutung des Eheabschlusses

Öffentlichkeitscharakter der Ehe

Die Liebe zwischen Mann und Frau ist etwas ganz Persönliches; sie ist aber nicht etwas ganz Privates. Echte Liebe meint Bindung ohne den Fluchtweg nach rückwärts. Deshalb bekennen sich zwei Menschen auch öffentlich zueinander. In der standesamtlichen Trauung stellen sie ihre Gemeinschaft unter den besonderen Schutz des Staates, mit allen rechtlichen Konsequenzen. In der kirchlichen Trauung aber schließen sie die Ehe und stellen sie unter den Schutz Gottes und seiner Gemeinde.[40]

Zeichen für Gottes Handeln

Zweifellos ist das persönliche Verhältnis der beiden Partner entscheidend und wichtig. Aber dieses private Verhältnis zweier Menschen allein kann die Lebensgemeinschaft nicht tragen. Es würden bestimmte Dimensionen der ehelichen Beziehung unberücksichtigt bleiben. Zunächst würde nicht zum Ausdruck kommen, daß Gott der eigentlich Schenkende im Bereich der Begegnung von Mann und Frau ist.
Im Akt der Trauung stößt man auf diesen inneren Sinnwert des Lebensbundes von Mann und Frau. Denn die Trauung ist nicht nur ein äußerlich rechtlicher Vertrag, sondern bringt zeichenhaft zum Ausdruck, daß es zuletzt Gott selbst ist, der Mann und Frau einander anvertraut.[41]

Feier der ganzen Gemeinde

Jede Ehe ist ein Ja zum Leben, ein Ja zur Treue, ein Ja zur Zukunft. Dieses Ja-Wort geben sich Brautleute vor Gott und vor der Kirche. Darum ist die Ehe nicht nur eine Privatsache der beiden Brautleute. Deshalb bitte ich, der kirchlichen Trauung den Stellenwert im Gemeindeleben zu geben, der ihr gebührt.[42]

Gottesdienst der Kirche

Für uns ist die Ehe ein Sakrament. Darum ist die Feier der kirchlichen Eheschließung ein Gottesdienst. Ich bitte die Brautleute, sich darauf durch Gebet und Empfang des Bußsakramentes vorzubereiten. Wenn möglich, soll die Trauung eines katholischen Brautpaares innerhalb einer Eucharistiefeier vorgenommen werden. Die Brautleute, die ihre Ehe mit Gott beginnen, werden auch der Hilfe Gottes für ein langes Leben gewiß sein dürfen.[43]

Die konfessionsverschiedene Ehe

Gemeinsame Grundauffassung im Glauben

Für junge Menschen, die sich auf dem Weg zur Ehe befinden, ist die Partnerwahl von großer Bedeutung. Sie müssen sich fragen: „Stimmen wir in unseren Grundauffassungen so überein, daß wir eine harmonische Ehe führen können?“ Dazu gehört nicht zuletzt die Frage nach dem gemeinsamen Glauben. Ehegefährten sollen gerade im Glauben treue Partner sein.

Deshalb ist es leicht einzusehen, daß in einer Ehe zwischen einem gläubigen katholischen Christen und einem ungläubigen Menschen viele störende Differenzen auftreten werden.
Dagegen kann bei einer konfessionsverschiedenen Ehe der gemeinsame Glaube an Jesus Christus trotz unterschiedlicher Kirchenzugehörigkeit ein tragendes Fundament der Ehe sein. Auch hier wird man schmerzlich erfahren, daß die letzte Einheit im Glauben und im Gottesdienst noch fehlt. Der katholische Partner ist verpflichtet, seinen Kindern die Fülle des christlichen Lebens mit allen Sakramenten zu erschließen. Deshalb muß er sich nach Kräften darum bemühen, daß seine Kinder in der katholischen Kirche getauft und im katholischen Glauben erzogen werden. Das kann in der liebevollen Partnerschaft einer konfessionsverschiedenen Ehe zu Belastungen führen. Nur wohlwollende Toleranz und das Bemühen um gegenseitiges Verstehen werden zu einer befriedigenden Lösung kommen.[44]

Einheit im Glauben

Die Einheit und Gleichheit im Glauben beider Partner trägt am ehesten zum Gelingen einer Ehe bei. Daher sagt die Deutsche Bischofskonferenz: „Die Kirchen dürfen darum nicht müde werden, alle, die sich auf die Ehe vorbereiten, auf dieses tiefste Fundament menschlicher Gemeinsamkeit hinzuweisen."[45]
Wer eine konfessionsverschiedene Ehe anstrebt, muß sich darüber im klaren sein, daß diese Ehepaare besonders schwer an den Folgen der fortbestehenden Spaltung der Kirche tragen, insbesondere dann, wenn

es zum Konflikt zwischen der Treue zum eigenen Glauben und der Liebe zum Partner des anderen Bekenntnisses kommt. Diese Last vollständig zu beseitigen, wird erst möglich sein, wenn die Spaltung der Christenheit überwunden ist.[46] Wenn ein Katholik eine konfessionsverschiedene Ehe eingeht, so hat er aus seinem Glauben heraus und aus seiner Verantwortung vor Gott die Verpflichtung, seinen katholischen Glauben zu bewahren und ihn – wo immer und soweit immer es möglich ist – auch an seine Kinder weiterzugeben. Davon kann ihn niemand entbinden. Über die Erfüllung dieser Pflicht muß er vor seinem eigenen Gewissen und vor Gott Rechenschaft ablegen.[47]

Kreuz der Trennung

Für uns alle ist es schmerzlich, daß die Trennung im Glauben manche konfessionsverschiedenen Ehepaare Tag für Tag bedrückt und keine allseits befriedigende Lösung der Probleme der gemeinsamen Feier des Herrenmahls und der Kommunion möglich ist. Gerade die große Zahl der in konfessionsverschiedenen Ehen lebenden Eltern und deren Kinder ist für die Verantwortlichen in unseren Kirchen eine ständige Mahnung, in unseren Bemühungen um die Einheit im Glauben nicht nachzulassen. Die Betroffenen sollten – soweit wie möglich – die Gemeinsamkeit des Glaubens an den einen Herrn leben und das Kreuz der Trennung, wo es getragen werden muß, um des Gewissens willen auf sich nehmen und insbesondere die Bindung an ihre kirchliche Gemeinschaft bewahren und festigen.[48]

Positive und belastende Erfahrungen

Ich kenne konfessionsverschiedene Ehen, wo der eine die religiösen Empfindungen und Auffassungen des anderen achtet, wo es gelingt, im gemeinsamen Glauben an Jesus Christus und im jeweiligen Festhalten an der eigenen kirchlichen Gemeinschaft eine harmonische Ehe zu führen. Darüber freue ich mich.
Ich kenne aber auch die Schwierigkeiten, die sich in der Praxis des religiösen Lebens ergeben können, besonders bei der Taufe und bei der Erziehung der Kinder. Der katholische Partner ist ja verpflichtet, alles zu tun, was in seinen Kräften liegt, damit die Kinder zu vollgültigen Gliedern der katholischen Kirche erzogen werden. Um diese Verpflichtung muß der andersdenkende Partner wissen.[49]

Katholische Kindererziehung

Das Thema „konfessionsverschiedene Ehe" ist besonders wichtig und in diesem Zusammenhang das Versprechen der katholischen Kindererziehung. Es ist nicht völlig gleichgültig, wie manche meinen, ob die Kinder katholisch werden oder nicht. Die Fragen in dem jetzigen Brautexamens-Formular sind sehr lange überlegt worden, und es muß deutlich werden, unter welchen Umständen und Bedingungen eine katholische Trauung auch bei nicht-katholischer Kindererziehung gewährt werden kann. Im Traugespräch muß bei konfessionsverschiedenen Partnern deutlich auf die Gewissensverpflichtung des katholischen Partners zur katholischen Kindererziehung hingewiesen werden.[50]

Teilnahme am Gottesdienst der anderen Kirche

Wenn für die Teilnahme eines Katholiken am Gottesdienst einer anderen christlichen Glaubensgemeinschaft ein schwerwiegender Grund im Einzelfall gegeben ist (z. B. familiäre Situation), kann das ein Fernbleiben von der sonntäglichen Eucharistiefeier rechtfertigen; hier muß das Gewissen des einzelnen entscheiden.[51]

II.
Das Zusammenleben in der Familie

Kindern das Leben schenken

„Vor Gottes Größe klein und unbedeutend . . .“ Jesus und die Kinder

Im Leben Jesu ist es auffällig, daß er sich besonders auch der Kinder annimmt. In der damaligen Zeit spielten Kinder in der jüdischen Gemeinde keine Rolle. Erst wenn jemand herangewachsen war, wurde der junge männliche Israelit in die Gemeinschaft der Synagogengemeinde und der Tempelgemeinde aufgenommen. Nach dem Gesetz des Mose war nach Vollendung des zwölften Lebensjahres der männliche Israelit zum Besuch des Tempels und zur Tempelsteuer verpflichtet. Von diesem Augenblick an galt der Jüngling als erwachsen. Die Kinder aber gehörten nicht dazu, wie auch die Kranken, die Frauen und die Ausländer nicht dabei waren. Deshalb haben sich auch die Rabbinen um die Kinder nicht gekümmert. Aus den Evangelien sind uns Worte und Handlungen Jesu bekannt, die seine besondere Sorge für die Kinder zum Ausdruck bringen. Wir wollen mit Hilfe einiger Texte der Evangelien überlegen, was die Haltung Jesu bedeutet und was sie auch in der Kirche von heute sagen soll:
Im Matthäus-Evangelium (18,1-11) wird Jesus gefragt, wer im Reich Gottes der Größte sei. Jesus antwortete, indem er ein Kind herbeiruft, es in die

Mitte der Jünger stellt und sagt: „Wenn ihr nicht umkehrt und wie die Kinder werdet, könnt ihr nicht in das Himmelreich kommen. Wer so klein sein kann wie dieses Kind, ist im Himmelreich der Größte und wer ein solches Kind um meinetwillen aufnimmt, der nimmt mich auf."

Jesus weist also auf die besondere Hochschätzung der Kinder durch Gott hin. Sie gelten bei Gott als die Größten, größer als die Erwachsenen. Sie sollen deshalb vorbildlich sein für die Erwachsenen, die nur dann in das im Kommen begriffene Reich Gottes gelangen können, wenn sie wie die Kinder werden. Natürlich meint Jesus nicht, daß Erwachsene nicht zur vollen Reife menschlichen Lebens kommen dürften. Ein kindisches Verhalten wird von Jesus nicht gefördert. Der Weg des Menschen muß von der Kindheit zum Erwachsenen führen. Was ist im einzelnen gemeint mit „wie die Kinder werden"? Die Exegeten sind sich nicht einig darin. Es werden mehrere Auffassungen und Akzente vertreten:

1. Kinder sind klein und bilden sich auf ihre eigene Größe nichts ein. Auch vor Gott müssen die Menschen klein werden und sich vor Gottes Größe klein und unbedeutend wissen.

2. Kinder haben keine Leistungen aufzuweisen. Es könnte sein, daß das Wort Jesu auch diesen Aspekt meint, daß wir Menschen vor Gott keine Leistungen aufzuweisen haben und deshalb wie die Kinder sind.

3. Kinder haben ein großes Vertrauen zu ihren Eltern, weil sie alles von ihnen erhalten vom ersten Augenblick ihres Lebens an und sie ohne ein solches Urvertrauen zunächst gar nicht leben könnten. So kann sich der Mensch Gott ganz anvertrauen.

4. Ein anderer – mit Nr. 3 zusammenhängender – Aspekt ist die Abhängigkeit der Kinder von den Eltern. Kinder wissen, daß sie alles von ihren Eltern erhalten, daß nicht ihr eigenes Verdienst ihnen einen Anspruch darauf gibt, sondern daß die Liebe der Eltern die vielfache Sorge begründet. Eine solche radikale Abhängigkeit besteht selbstverständlich für uns Menschen Gott gegenüber. In allem sind wir auf seine Gaben angewiesen.
5. Es könnte auch sein, daß mit dem Kindlich-Werden die Bereitschaft zur Umkehr gemeint ist. Wenn Kinder etwas falsch gemacht haben, sind sie bereit, davon abzurücken und umzukehren und sich zu bessern. Auch die Erwachsenen sollten eine solche Bereitschaft zur Umkehr haben.
6. Vielleicht ist der entscheidende Gesichtspunkt aber der, daß die Kinder deshalb Beispiel und Vorbild für die Erwachsenen im Verhältnis zu Gott sind, weil Jesus Christus selbst der Sohn Gottes ist, der eigentliche einzige Sohn, und weil Jesus Christus seine Jünger, die Glieder seiner Kirche, zu seinen Brüdern und Schwestern macht und sie damit auch zu Kindern Gottes werden läßt. Die Situation der irdischen Kinder ist somit ein Hinweis, ein Zeichen für die Situation der Menschen Gott gegenüber, in dessen Familie wir durch Christus hineingenommen sind.
Jesus weist ausdrücklich darauf hin, daß derjenige, der ein Kind im Namen Jesu aufnimmt, dasselbe tut, als wenn er ihn selbst aufnimmt. So sehr ist Jesus mit den Kindern verbunden, daß all das, was man auf Grund seines Namens – also um seinetwillen – einem Kind tut, so gilt, als wenn es Jesus selbst getan ist. Damit stellt Jesus die Kinder seinen Jüngern gleich,

von denen er ja ebenfalls sagt, daß diejenigen, die ihnen um Jesu willen Gutes tun, genausoviel Lohn erhalten wie die, die Jesus selbst Gutes tun.
Jesus warnt davor, diese Kleinen zum Bösen zu verführen und sagt, wer das tue, für den wäre es besser, wenn er mit einem Mühlstein um den Hals im tiefen Meer versenkt würde. Wehe der Welt mit ihrer Verführung! Es muß zwar Verführung geben, wehe dem Menschen, der sie verschuldet (Mt 18,6f.). Jesus liebt die Kleinen, die an ihn glauben, so sehr – zu diesen Kleinen gehören auch die Kinder –, daß er als gerechte Strafe für die Verführer den Tod durch Versenken ins Meer befürwortet. Wem ein Mühlstein um den Hals gelegt wird und wer dann ins tiefe Meer versenkt wird, ist zum Tode verurteilt. Wenn Jesus eine solche Todesstrafe für richtig hält, muß ihm das Leben und das Heil der Kinder besonders am Herzen liegen.
Schließlich sagt Jesus: „Hütet euch davor, einen von diesen Kleinen zu verachten; denn ich sage euch: Ihre Engel im Himmel sehen stets das Angesicht meines himmlischen Vaters“ (Mt 18,10). Jesus möchte also, daß auch seine Gemeinschaft die Kleinen – und damit die Kinder – hochachtet wie sie bei Gott geachtet sind.
Gott selbst hat den Kindern Engel im Himmel zum Schutz beigegeben. Diese Engel stehen dauernd im Angesicht des himmlischen Vaters und können so unmittelbar für ihre Schützlinge eintreten.
Im 19. Kapitel des Matthäus-Evangeliums heißt es: „Da brachte man Kinder zu Jesus, damit er ihnen die Hände auflegte und für sie betete. Die Jünger aber wiesen die Leute schroff ab. Doch Jesus sagte: Laßt

die Kinder zu mir kommen. Hindert sie nicht daran; denn Menschen wie ihnen gehört das Himmelreich. Dann legte er ihnen die Hände auf und zog weiter (Mt 19,13-15).
Die Jünger Jesu verhalten sich so, wie es damals üblich war. Mit Kindern befaßte sich ein Rabbi nicht. Deshalb versuchten sie auch, die Kinder von Jesus fernzuhalten. Jesus aber läßt die Kinder zu sich kommen und sagt: Hindert sie nicht daran. Weil ihnen das Reich Gottes gehört, stehen sie ihm besonders nahe. Deshalb segnet er sie.
Jesus möchte nicht, daß die Kinder gehindert werden, zu ihm zu kommen. Daraus ergibt sich eine große Verpflichtung der Eltern und Erziehungsberechtigten, die Kinder auch zu Jesus kommen zu lassen. Erwachsene dürfen kein Hinderungsgrund sein, durch ihr Verhalten, durch die Macht, die sie über Kinder haben, durch ihr Beispiel oder durch Worte, Kinder vom Glauben und von der Gemeinschaft mit Jesus Christus fernzuhalten.
In der Konsequenz dieser Einstellung hat die Kirche schon sehr früh auch Kinder in die Gemeinschaft der Glaubenden aufgenommen und die Praxis der Kindertaufe eingeführt. Auch die Kinder – und gerade die Kinder – gehören zum Volke Gottes. Die Kirche legt heute und in Zukunft wie immer Wert darauf, daß die Kinder baldmöglichst nach der Geburt getauft werden, daß sie Kinder Gottes werden und in der Gemeinschaft des Gottesvolkes heranwachsen. Die Kinder gehören deshalb genauso zur Familie Jesu, zur Gemeinschaft Christi, wie die Erwachsenen.
Die Kirche hat deshalb stets eine besondere Sorge für die Kinder. Auch von den Pfarrern verlangt das

Gesetzbuch der Kirche, daß sie mit besonderer Priorität Kindern die Frohe Botschaft von Jesus Christus und seinem Heilswerk verkünden und sie in das Leben der Kirche hineinführen. Außer den Pfarrern sollen aber auch alle Gläubigen Kindern den Weg zu Jesus Christus leichtmachen.

Unsere Gesellschaft heute ist nicht kinderfreundlich. Unsere katholischen Gemeinden machen in diesem Punkt keine Ausnahme. Auch katholische Gemeinden auf dem Lande im katholischen Gebiet sind heute vielfach in der Bundesrepublik sterbende Gemeinden. Kinder werden vielfach nicht als Segen, sondern als Belastung empfunden. Erwachsene junge Eheleute weigern sich, ihr Leben in die kommende Generation weiterzugeben: Haben sie Angst vor der Zukunft? Haben sie zuwenig Vertrauen auf Gottes Führung? Glauben sie, daß junge Menschen keine Zukunftschancen mehr haben, oder spielen Fragen des Lebensstandards, des Egoismus, der eigenen Bequemlichkeit heute eine so große Rolle, daß die Mühen, die mit der Erziehung von Kindern verbunden sind, nicht mehr gewollt werden? Oder sind die gesellschaftlichen Verhältnisse so schlecht, daß man auf Kinder verzichtet? Tatsache ist ja, daß mehrere Kinder einen Abstieg im Lebensstandard mit sich bringen. In der Wohnungssuche sind kinderreiche Familien ganz sicher benachteiligt. Die Achtung der Mütter in der Öffentlichkeit ist gering; viel mehr gelten Frauen, die einen Beruf in einer Firma auf sich genommen haben. Die geringe Schätzung von Kindern wird auch deutlich in der hohen Zahl von Abtreibungen.

Die kirchlichen Gemeinden sollten viel mehr, als sie

es in der Regel sind, eine Heimstatt für die Kinder sein. Hier sollten entsprechend den Worten Jesu Kinder hochgeschätzt werden. Die Sorge für das Heil der Kinder sollte nicht nur den Eltern überlassen bleiben, sondern in unseren katholischen Gemeinden sollten die Eltern vielerlei Hilfen und Unterstützung erfahren und Gemeinschaft zur Stärkung der Familien erleben.
„Laßt die Kinder zu mir kommen, und hindert sie nicht daran; denn ihnen gehört das Reich Gottes.“[52]

Bedeutung des Familienlebens

Wenn die Familien gesund sind, so ist auch das Volk gesund und wird auch die Kirche zu einem blühenden Weinberg des Herrn.[53]

Wille zum Kind

Bei der Trauung wird den Brautleuten die Frage vorgelegt: „Sind Sie bereit, die Kinder, die Gott Ihnen schenken wird, anzunehmen und sie im Geiste Christi und seiner Kirche zu erziehen?“ Für Christen ist der Wille zum Kind ein Bekenntnis des Vertrauens zu Gott, der unserem Leben Zukunft gibt. Eheleute müssen sich in ihrem Gewissen fragen, wieviel Kinder Gott ihnen zutraut und in welchen zeitlichen Abständen sie einem Kind das Leben schenken sollen. Um die richtige Entscheidung zu finden, suchen sie das Gespräch mit Gott im Gebet. Bei allen Überlegungen dürfen die Eltern die Gewißheit haben, daß Kinder nicht nur eine Last sind, sondern auch viel Hoffnung und Freude bringen.[54]

Teilnahme am schöpferischen Wirken Gottes

Wer auf seine eigene Lebensgeschichte zurückblickt, weiß, wie wichtig die Zeit der Kindheit für das gesamte Leben ist. Die Begegnung mit Kindern läßt erfahren, daß sie eine Bereicherung des Lebens der Erwachsenen sind. Das Verständnis für Kinder eröffnet uns auch einen Zugang zum tieferen Sinn des Menschseins. An ihnen wird besonders deutlich, daß die Schöpfung Gottes noch nicht zu Ende ist. Sie geht immer weiter. Wer mit den Augen des Glaubens die junge Generation und die alten Erzählungen von der Schöpfung betrachtet, weiß noch mehr: Er weiß, daß diese Schöpfung in die Hand des Menschen gegeben ist.[55]

Ja zum Leben

In den Kindern erfahren die Eltern Erfüllung, Beglückung und Entfaltung. Eltern nehmen teil am schöpferischen Wirken Gottes. Darum sagen christliche Eheleute ja zum Kind. Es widerspricht christlicher Lebenseinstellung und christlichem Gottvertrauen, Kinder zu verweigern aus Furcht vor der Zukunft oder aus einer egoistischen Grundeinstellung. Allerdings werden zur Zeit auch in katholischen Ehen sehr wenige Kinder geboren, so daß in unseren Gemeinden oft mehr Sterbefälle als Taufen registriert werden. Christliche Eltern dürfen sich einem solchen lebensfeindlichen Trend nicht anpassen. Aus der Kraft des Glaubens, der Hoffnung und der Liebe werden sie bereit sein, großherzig auch mehreren Kindern das Leben zu schenken.[56]

Die erstverantwortlichen Erzieher

Eltern als natürliche Erzieher

Gott hat den Eltern die Kinder anvertraut. Die Eltern sind die zunächst Berechtigten und Verpflichteten für die Erziehung ihrer Kinder. Das Zweite Vatikanische Konzil sagt: „Da die Eltern ihren Kindern das Leben schenken, haben sie die überaus schwere Verpflichtung zur Kindererziehung. Daher müssen sie als die ersten und bevorzugten Erzieher ihrer Kinder anerkannt werden. Ihr Erziehungswirken ist so entscheidend, daß es dort, wo es fehlt, kaum zu ersetzen ist."[57] Wir können nur warnen vor Bestrebungen, die sogenannten biologischen Eltern sollten nicht auch die pädagogischen Eltern sein, sondern die geborenen Kinder sollten ausgebildeten pädagogischen Fachkräften ganz überlassen werden. Das wäre nicht nur unnatürlich, sondern würde zum größten Schaden für die Kinder sich auswachsen, würde ein katastrophales Ergebnis für die Gesellschaft haben, würde eine Fehlinvestition von vielen Milliarden DM bedeuten und würde schließlich mit Sicherheit zum Eingriff des Staates in die Erziehung der Kinder führen. Vater Staat hat aber noch nie die Liebe der Mutter ersetzen können.[58]

Aufgabe für Mutter und Vater

Die Erziehung der Kinder ist Aufgabe von Vater und Mutter. Gemeinsam sollen beide dafür sorgen, daß ihre Kinder alles Notwendige erhalten und in der Atmosphäre der Liebe der Eltern und Geschwister aufwachsen können. Die Mutter wird, insbesondere bei jüngeren Kindern, zeitlich und der Intensität nach mehr beansprucht. Dennoch darf der Vater die Erziehungsaufgabe nicht seiner Frau allein überlassen.[59]

Besondere Verantwortung junger Mütter

Bei Erwachsenen nimmt die Erkenntnis zu, daß Verwöhnung den Kindern nicht guttut; junge Mütter sollten sich entschließen, sich ganz intensiv persönlich ihren kleinen Kindern zu widmen, auch unter größeren Verzichten hinsichtlich des materiellen Lebensstandards der Familie.[60]

Erziehung durch Erfahrung in der Familie

In der Familie erlebt der Mensch die tiefste und ursprünglichste Gemeinschaft. Woher soll man Brüderlichkeit lernen, wenn man keine Geschwister mehr hat? Wo soll man Rücksicht lernen, wenn man sie nicht in der Familie erfahren hat? Wo soll man Barmherzigkeit lernen, wenn man sie nicht zu Hause erfahren hat? Wo soll man Treue und innere Bindung lernen, wenn man sich nicht einmal an Vater und Mutter, Bruder und Schwester gebunden weiß? Wo soll man an Wert und Würde eines Menschen glauben lernen, wenn man den Menschen nicht geschätzt und gewürdigt hat in seiner Familie? Wo soll man teilen lernen, wenn man zu Hause nicht geteilt hat? Ein Mensch ohne Erlebnis der Familie kommt schwer über sein eigenes Ich hinaus und wird sich sehr schwer tun, die Völkerfamilie zu begreifen.[61]

Unersetzbare Bedeutung der Familie

Die Ehe steht im Dienst an der Familie und in der Sorge um die nachwachsende Generation. Dadurch wird sie für die Öffentlichkeit wichtig und steht deshalb in der Bundesrepublik unter dem besonderen Schutz des Grundgesetzes. Für die Gesellschaft und für die einzelnen hat die Familie eine Aufgabe, die durch keine andere Einrichtung gleichwertig zu leisten ist. Die Bindungen, die in ihr eingeübt und geprägt werden, sind eine wichtige Voraussetzung dafür, daß der Mensch in unserer schnellebigen und konfliktreichen Gesellschaft bestehen kann.[62]

Grundlegende Erziehungsziele

Bleibende Erziehungswerte

Erziehung soll also die Entfaltung der Persönlichkeit entsprechend der jeweiligen Veranlagung und der kulturellen Überlieferungen ermöglichen und fördern sowie dem Unterschied der Geschlechter Rechnung tragen, Erziehung soll aber auch die Anforderungen des künftigen Lebens in der Gesellschaft vorbereiten helfen. Junge Menschen werden für ihr Leben, auf ihren Beruf, auf Familie und ihre Aufgaben in der Gesellschaft vorbereitet. Das ist durch eine wertfreie Erziehung nicht möglich. Wenn auch manche Ziele und besonders Akzente des Erziehens im Ablauf der Geschichte sich wandeln, wie wir alle wissen, so gibt es auch menschliche Werte, Tugenden und Normen, die mit Recht bleibende Geltung beanspruchen, zum

Beispiel Gerechtigkeit, Wahrhaftigkeit und Nächstenliebe.[63]

Notwendige Grundorientierung

Von Menschen verschiedener Weltanschauungen werden die gleichen grundsätzlichen Fragen gestellt: Welches Bild vom Menschen kann heute noch ein Leitbild für Erziehung und Bildung sein? Unüberhörbar sind die Stimmen derer geworden, die einsehen, daß Bildung und Erziehung nicht ohne eine menschliche Grundorientierung erfolgen kann. Für uns Christen kann diese Grundorientierung nur die Auffassung sein, die den Menschen als Geschöpf Gottes versteht.[64]

Entwicklung und Förderung menschlicher Grundfähigkeiten

Christliche Erziehung geht davon aus, daß der einzelne Mensch von Gott ins Leben gerufen und zu seinem eigenen Ziel berufen ist. In dieser Hinsicht kann er von niemandem vertreten oder ersetzt werden. Deshalb muß bereits das kleine Kind sich selbst entdecken lernen, sich selbst erkennen und verstehen. Den Prozeß der Ichfindung des Kindes unterstützen, die kindliche Individualität, Originalität und Kreativität zu bestärken ist ein Schwerpunkt der pädagogischen Arbeit im Kindergarten. Im Sinne einer ganzheitlichen Persönlichkeitserziehung ist es erforderlich, dem Kind bei der Entwicklung und Förderung menschlicher Grundfähigkeiten zu helfen, die grundlegend sind für seine christliche Lebensgestaltung und damit auch für seinen Glauben und seine Religiosität. Einige dieser Grundfähigkeiten sollen nur beispielhaft genannt werden: zuhören können, Zuwendung annehmen, sich von Ereignissen treffen lassen, staunen, sich freuen können, fähig werden, sich den Grundfragen des Lebens, den Fragen nach Sinn und Ziel zu stellen, erleben, daß es sinnvoll ist, zu danken und zu bitten, eigenständig seine Empfindungen und Erfahrungen auszudrücken, den Mut haben, man selbst sein zu wollen, erfahren, daß es im Leben auch Begrenzungen gibt, anderen vertrauen, sich beschenken lassen.[65]

Recht auf Leben unantastbar

Bei der großen Zahl der jährlich durchgeführten Schwangerschaftsabbrüche geht immer mehr das allgemeine Bewußtsein verloren, daß menschliches Leben geschützt werden muß und daß kein Mensch das Recht hat, unschuldige Menschen zu töten.
Mit großer Besorgnis blicken wir in die Zukunft, denn niemand weiß, wie die heutige Generation den Schutz des menschlichen Lebens in ihrer eigenen Kindheit erfährt und wie sie als Erwachsene diesen Schutz bejahen werden.
Ich möchte insbesondere die Eltern bitten, ihre Kinder in der Erziehung so zu bilden, daß sie das menschliche Recht auf Leben als unantastbar betrachten, auch wenn es persönlich mit Nachteilen und erheblichen Schwierigkeiten verbunden sein sollte.[66]

Die Familie als Hauskirche

Kirche im kleinen

Im Trausegen bitten wir Gott für die Zukunft der jungvermählten Eheleute: „Mache ihr Haus zu einer Stätte des Gebetes, des Gottvertrauens und der Nächstenliebe." Eine christliche Familie soll eine „Kirche im kleinen" sein, eine Hauskirche. Wie die große Kirche Jesu Christi Zeichen der Gegenwart Gottes unter den Menschen ist, so ist auch die christliche Familie ein lebendiges Zeichen dafür, daß Gott bei uns zu Hause ist. Darum wird in einer christlichen Familie der Glaube wirksam gelebt. Der Glaube spricht sich aus im Gebet. Gelebter Glaube in der Familie ist undenkbar ohne das Gebet in der Familie, ohne die gemeinsame Eucharistiefeier in der Kirche, ohne das Mitleben in einer christlichen Gemeinde. Gelebter Glaube weckt neuen Glauben in den Herzen der Kinder; denn Glaube wird nicht zuerst gelehrt, sondern vorgelebt. Gelebter Glaube weckt Verantwortung für den Mitmenschen. Die Familie ist der Ort, wo Rücksichtnahme, Vergebung, Hilfsbereitschaft und Gastfreundschaft praktiziert werden.[67]

Von den Eltern geleitet

Im Neuen Testament zeigt sich bereits der Stellenwert der Hausgemeinschaft. In langer Tradition wird die Familie Hauskirche genannt, das heißt, sie nimmt an dem Auftrag der Kirche aktiv teil. Im Zweiten Vatikanischen Konzil wird diese Formulierung wieder aufgegriffen und die Familie als „Hauskirche" bezeichnet,

in der die Eltern „durch Wort und Beispiel für ihre Kinder die ersten Glaubensboten“ sein sollen.[68]
Dort erreicht die Botschaft Christi den einzelnen, also in der Familie. Weil die Apostel bei den Bindungen anknüpfen, die eine Familie zusammenfügen, nämlich Liebe, Vertrauen, Gehorsam und gelebte Überzeugungen, gerade deshalb gelingen ihnen Gründungen von Gemeinden. Die „Hauskirchen“ sind damals wie heute entscheidend für die Weitergabe des Glaubens.
Wenn wir christliche Ehe und Familie als Hauskirche bezeichnen, müßte es dann nicht die Aufgabe aller Eheleute und Eltern sein, sich um ein ständiges Wachsen ihres Glaubens zu bemühen? Wie können Eltern den Glauben an ihre Kinder weitergeben, weitersagen und miteinander feiern, wenn sie selbst in ihrem Glauben in den Kinderschuhen steckengeblieben sind? Kann für die Kinder und für die Heranwachsenden der Glaube anziehend und wichtig für ihr Leben werden, wenn in der eigenen Familie nichts oder kaum etwas von diesem Glauben zu spüren und zu erleben ist? Wenn sich zu Hause, in der Alltags- und Sonntagsgestaltung, wenn die Art, wie Sie in der Familie miteinander umgehen, nichts vom christlichen Glauben widerspiegelt, dann werden auch Ihre Kinder den Glauben als eine Nebensache abtun.[69]

Bedeutsam für die Gesamtkirche

Ehe und Familie sind Kirche im kleinen oder „Hauskirche“, wie das Zweite Vatikanische Konzil sagt. Eine christliche Ehe trägt zur Auferbauung der Kirche bei. Die Eheleute sind durch ihr eigenes Charisma, durch die gegenseitige Heiligung, durch die Annahme und Erziehung ihrer Kinder am inneren und äußeren Wachstum der Kirche beteiligt. Die Ehe ist auch ein Zeichen der eschatologischen Hoffnung.[70]

Elemente christlicher Erziehung

Recht auf christliche Erziehung

Das Zweite Vatikanische Konzil bekräftigt nachdrücklich das Recht aller Christen auf eine christliche Erziehung, die junge Menschen mit der Botschaft Jesu Christi konfrontiert und ihnen das Angebot macht, in persönlicher Entscheidung und Freiheit zum Vollmaß des Alters Christi zu gelangen, wie der Apostel Paulus sagt. Ein spezielles Ziel einer solchen Erziehung ist ein lebendiges Engagement beim Aufbau der Gemeinschaft der Gläubigen und bei der Gestaltung aller Bereiche des menschlichen Lebens in unserer Welt von heute. Für eine christliche Erziehung ist Jesus Christus, der menschgewordene Gottessohn, der unser Bruder geworden ist, Maßstab und Richtziel. Seine Botschaft und seine befreienden und frohmachenden Wege werden aufgezeigt, um jungen Menschen zu helfen, gemäß der ihnen von Gott geschenkten Berufung zu leben.[71]

Im Gespräch mit den Kindern

Bei der Erziehung der Kinder kann es heute nicht mehr darum gehen, sie vor allen Gefahren zu bewahren. Wer das versuchen wollte, würde schnell feststellen, daß eine solche Erziehungsrichtung heute gar nicht mehr möglich ist. Denn es gibt viele andere Miterzieher: die Kameraden auf der Straße, in der Schulklasse, die Lehrer, das Fernsehen, der Rundfunk, die Presse und vieles andere. Eltern müssen deshalb von früh an auch über die wichtigen Fragen des Glaubens und des sittlichen Lebens mit ihren Kindern sprechen und auf diese Weise das Vertrauen ihrer Kinder auch für die Zeit erhalten, in denen die Kinder in der Pubertät zur Selbständigkeit eigenen Empfindens und Denkens heranwachsen. Durch das Glaubensgespräch in der Familie sind die Eltern auch imstande, Irrwege und falsche Auffassungen zu korrigieren, Zeugnis ihres eigenen Glaubens zu geben, Mut zu machen bei Versagen und Schuld, Gottes Liebe in den Vordergrund zu stellen und Freude an Gott, Freude am Glauben und am Leben mit der Kirche zu wecken. Eltern sollten sich besonders Zeit nehmen für die Glaubensgespräche mit ihren Kindern. Gewiß gibt es nichts Schöneres und Wichtigeres, als junge Menschen einzuführen in den Sinn des Lebens, in die letzten Grundfragen, in die Botschaft Jesu Christi und ihnen Normen und Werte sittlichen Lebens zu vermitteln.[72]

Menschenbild von Gott her

Christliche Erziehung gründet im Glauben, daß der Mensch letztlich nur von Gott her zu verstehen ist, dem er sich als Geschöpf verdankt und von dem her ihm eine endgültige Sinnerfüllung seines Lebens erschlossen wird. Der christlichen Erziehung liegt ein Verständnis vom menschlichen Leben zugrunde, das von der Person Jesus Christus und seiner Botschaft her verstanden wird. In Jesus Christus hat Gott selbst sich auf die Seite des Menschen gestellt und ihn – ohne Rücksicht auf seine Leistungen und auf seine Fähigkeiten, ohne Rücksicht auch auf sein Schuldigwerden – endgültig geliebt und bejaht. Darin gründen Wert und Sinnhaftigkeit eines jeden menschlichen Lebens. Christliche Erziehung, die aus dieser Sicht den Menschen bedingungslos bejaht und das Kind als Partner nimmt, schließt deshalb eine umfassende humane Erziehung ein und will dem Kind diesen Lebens- und Welthorizont erschließen, der im Glauben an Jesus Christus gründet.[73]

Zeugnis geben vom Menschenverständnis

Nur wer Gott kennt, kennt den Menschen. Laut und unüberhörbar wollen wir Christen davon Zeugnis geben und die praktischen Folgerungen aus dem christlichen Menschenverständnis in unseren Tagen zu Gehör bringen. Es ist ein Dienst, der jungen Menschen zu ihrer Orientierung helfen kann. Wir dürfen ihnen nicht Steine statt Brot geben, sondern wirklich das Brot des Lebens.[74]

Religiöse Erziehung in der Familie

Die Eltern sollen sich in unseren Tagen besonders um die religiöse Erziehung ihrer Kinder bemühen. Sie sollten ihren Kindern die Frage nach dem Sinn des Lebens, nach Gut und Böse, nach dem Woher und Wohin, nach den Kriterien und Normen des sittlichen Lebens beantworten. Von unschätzbarer Bedeutung

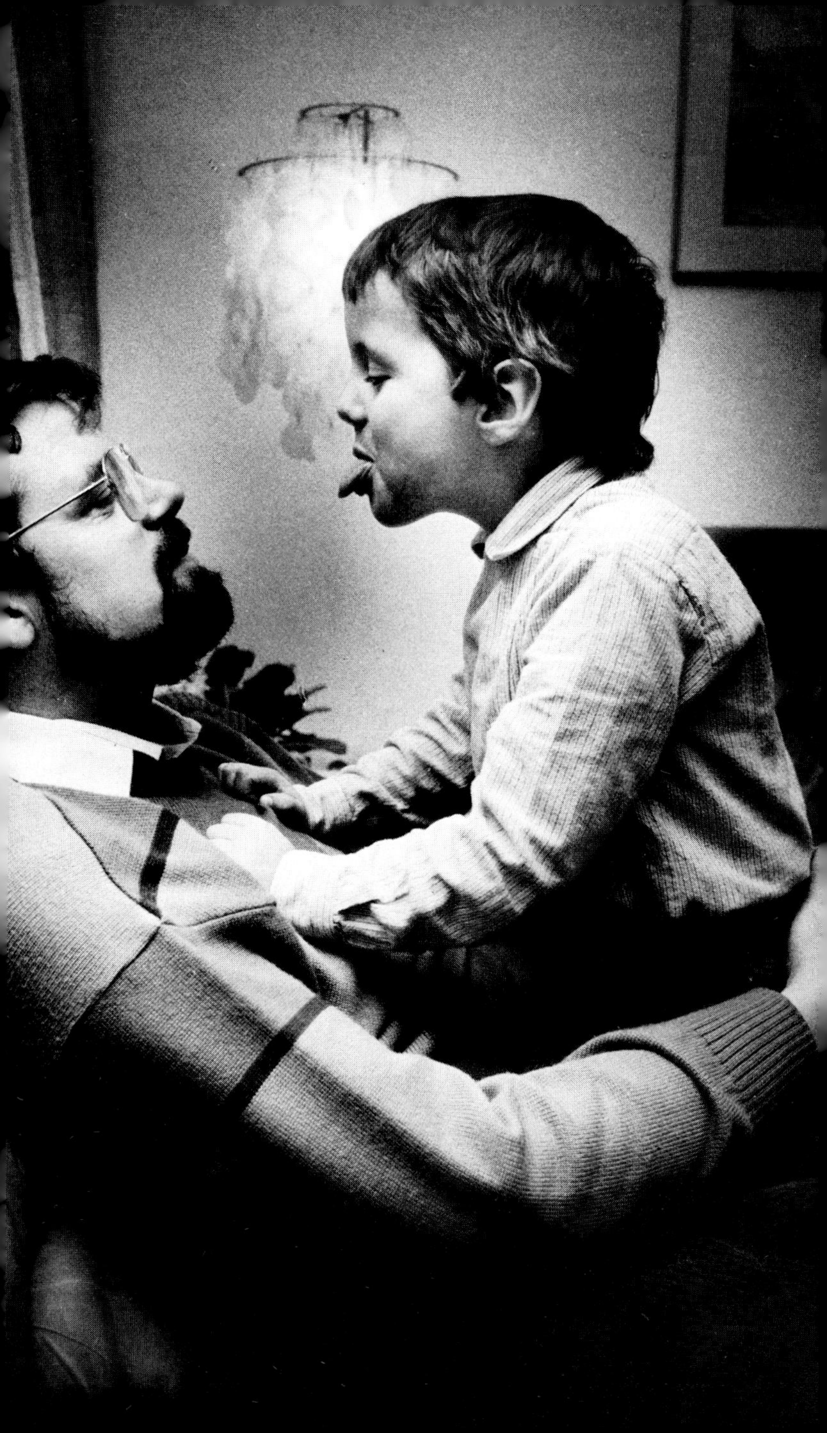

ist das Beispiel der Eltern, die Atmosphäre im Familienleben und die von der Liebe geprägte Gemeinschaft, in der jeder sich angenommen weiß. Was menschliche Gemeinschaft und was kirchliche Gemeinschaft ist, erfahren die Kinder zum ersten Mal in einer christlichen Familie.

Manche Lehrer haben mir berichtet, daß oft, auch in katholischen Gegenden, Kinder kaum religiöses Wissen oder religiöse Praxis in die Schule mitbringen. Ich möchte deshalb alle Eltern, Väter und Mütter, herzlich und dringend bitten, die religiöse Erziehung ihrer Kinder von früh an selbst in die Hand zu nehmen und die Kinder einzuführen in das Glaubensleben. So werden Kinder selbstverständlich vertraut werden mit den Formen des Betens und des Gottesdienstes und die Grundgebete – etwa das Vaterunser, das Gegrüßet seist du, Maria und das Ehre sei dem Vater – von den Eltern lernen. Auch wenn die Kinder größer werden, dürfen die Eltern bezüglich der religiösen Erziehung ihre Kinder nicht sich selbst überlassen.[75]

Erziehung zum Gebet

Die ersten Erfahrungen des Kindes mit Gott geschehen über die Eltern. Noch bevor das Kind die Mutter vom Vater unterscheiden kann, erlebt es Hilfe, Trost, Sättigung und Wärme. Wenn diese Erfahrung dann eines Tages dem Kind im Gebet gedeutet wird, wenn ihm gesagt wird, Gott ist wie ein guter Vater, dann wird es das verstehen. Es wird diesen Vater im Himmel liebgewinnen, weil ihm erfahrbar wird, daß er sich um das Kind kümmert.

Eine weitere Erfahrung machen die Kinder mit Gott,

wenn sie erleben: Die Eltern beten. Wie das Kind an Freude und Leid der Eltern teilnimmt, so auch an ihrem religiösen Leben, an ihrem Glauben. Denn alles, was das kleine Kind an seinen Eltern sieht und empfindet, prägt sich tief in seine Seele ein. Das Gebet der Eltern sollte weniger religionspädagogische Maßnahme sein, die Eltern sollten durch ihr Beten und das Beten mit dem Kind nicht nur eine Frömmigkeitsübung mit und an dem Kind vollziehen; es müßte vielmehr für das Kind erfahrbar werden, daß sie beten, weil sie des Gebetes bedürfen und weil sie wissen, daß auch ihr Kind des Gebetes bedarf.

Wenn das Kind heranwächst, kommt dem Wort der Eltern immer mehr Bedeutung zu. Die Eltern können dann das, was das Kind erlebt, ins Gebet hineinnehmen. Erlebt das Kind einmal eine besondere Freude, dann wird Mutter oder Vater es anleiten, das auch dem Vater im Himmel zu sagen. Beim Spaziergang im Frühling wird die Mutter dem Kind die ersten Blumen zeigen und auf den hinweisen, der sie gemacht hat. Auch Angst und Schmerz werden vor Gott hingetragen.

Neben dieser Art des Betens sollten die täglichen Gebetszeiten und die vorgegebenen Gebete der Kirche, wie Kreuzzeichen, Vaterunser, Gegrüßet seist du, Maria und andere, ihren Platz im häuslichen Gebetsleben haben. Auch diese Gebete werden fruchtbar sein auf der Grundlage der Erfahrungen, die die Kinder mit dem Gebet und dem religiösen Leben der Eltern gemacht haben.[76]

Eltern als Vorbilder im Gebet

Wenn der Vater betet, der durch seine Arbeit das Brot verdient hat, wenn die Mutter betet, die das Mahl bereitet hat, wird für die Kinder deutlich, daß trotz aller eigener Arbeit Gottes Segen nötig ist. Die Eltern werden durch ihr Beten Katecheten für ihre Kinder.[77]

Gespräch über den Glauben

Es muß uns zu denken geben, wenn in neuesten Umfragen festgestellt wird, daß in unseren Familien das Gespräch über Glaubensfragen zurückgeht. Das Wort aus dem ersten Petrusbrief, daß wir jederzeit von unserer Hoffnung Rechenschaft geben sollen, ist heute an unsere Familien und Eltern gerichtet. Diese Rechenschaft unserer Hoffnung setzt Kenntnis, Überzeugungsstärke, Bereitschaft zum Zeugnis, Bereitschaft zum Weiterlernen und Bereitschaft zur Toleranz und zum Gespräch voraus. Es darf in unseren Familien nicht peinlich sein, über Glaubensdinge zu sprechen. Wenn von früher Kindheit an das Glaubensgespräch und das gemeinsame Gebet in den Familien gepflegt worden sind, werden sie voraussichtlich auch dann weitergeführt werden, wenn die Jugendlichen mit ihren kritischen Fragen kommen.[78]

Glaubensgespräch am Familientisch

Nicht umsonst wird uns in den Evangelien immer wieder berichtet, wie Jesus mit seinen Jüngern oder auch mit Sündern oder mit der großen Volksmenge

Mahl gehalten hat. Gewiß ist Ihnen dabei aufgefallen, wie Essen und Gespräch zusammengehören. Erst Essen und Gespräch zusammen machen das Mahl aus. So ergeben sich eigentlich von selbst bei Tisch auch Gespräche zu Fragen über Glauben und Kirche. Anlässe können sein: etwa eine Meldung im Fernsehen, im Radio oder in der Zeitung, ein Artikel in unserer Kirchenzeitung, ein persönliches Erlebnis oder auch die Lesungen beziehungsweise Evangelien der Meßfeier oder die Sonntagspredigt. Gerade bei der Mahlzeit am Sonntag sind sie oft noch am besten in Erinnerung. In einer Predigt kann nicht alles gesagt werden. Die Gegebenheiten von Familie zu Familie sind zu verschieden. Durch die Predigt angeregt, können die Fäden in den einzelnen Familien konkreter weitergesponnen werden. Was haben diese Meldung, diese Lesung, diese Predigt unserer Familie zu sagen?

Diese Gespräche können allerdings nicht an den Haaren herbeigezerrt werden. Oft aber liegt es geradezu in der Luft. Dann muß nur einer den Mut haben, das Thema aufzugreifen. Gerade durch ein solches ungezwungenes Gespräch über religiöse Fragen erhält das Familienleben eine starke religiöse Prägung. Eltern sollten von früh an auch über die wichtigen Fragen des Glaubens und des sittlichen Lebens mit ihren Kindern sprechen und auf diese Weise das Vertrauen ihrer Kinder für die Zukunft erhalten, in der die Kinder selbständig werden. Durch Glaubensgespräche in der Familie können die Eltern falsche Auffassungen korrigieren. Sie können Zeugnis ihres eigenen Glaubens geben. Sie können Mut machen bei Versagen und Schuld. Sie können immer wieder

Gottes Liebe und Christi Erlösung in den Vordergrund stellen. Sie können Freude an Gott, Freude am Glauben und am Leben mit der Kirche wecken. Deshalb sollten sich unsere Eltern heute besonders Zeit nehmen für die Glaubensgespräche mit ihren Kindern.

Allerdings fühlen sich viele Eltern selbst verunsichert, weil sie nicht mehr genau wissen, was denn in der katholischen Lehre und Praxis noch so gilt wie in ihrer Jugendzeit. So wird sichtbar, daß Eltern auch eine ständige Weiterbildung in Fragen des Glaubens, in Gewissensfragen und im sittlichen Leben notwendig haben, wenn sie gegenüber ihren Kindern bestehen wollen. Vielfach sind ja heute andere Fragen zu beantworten, als vor dreißig Jahren die heutige erwachsene Generation gefragt hat.

Die Erfahrung zeigt, daß das Glaubensgespräch zwischen Eltern und Kindern nach anfänglichen Schwierigkeiten ohne falsche Hemmungen geführt werden kann, daß es als beglückend und befreiend erlebt wird und maßgeblich zum gegenseitigen Vertrauen und Kennenlernen führt. Das Gespräch in der Familie kann für den Glauben der Heranwachsenden von entscheidender Bedeutung sein. Allerdings muß das, was im Gespräch von den Eltern vertreten wird, auch in Übereinstimmung stehen mit dem, was die Eltern tun. Wir alle wissen: Wenn zum Beispiel eine Mutter es in ihrem eigentlichen Leben mit der Wahrheit nicht so genau nimmt, wird sie auch von ihren Kindern nicht überzeugend die Beachtung des achten Gebotes „Du sollst nicht lügen“ verlangen können. Wenn Eltern den Sonntag selbst nicht heilighalten, werden auch die Kinder leicht das Sonntagsgebot als unwichtig betrachten. Glaubwürdig werden Eltern nur sein, wenn sie ihr eigenes Leben aus dem Glauben führen und die Gebote und Weisungen Gottes selbst ernst nehmen.[79]

Sittliche Weisungen vorleben

Heute kann es nicht genügen, Gebote und Verbote, Normen und Anforderungen als Verpflichtung vorzulegen; heute ist es von besonderer Wichtigkeit, aufzuzeigen, daß die sittlichen Weisungen befreiend und sinnvoll sind. Das geschieht am wirkungsvollsten, wenn es gelingt, die befreiende Kraft der sittlichen Weisungen vorzuleben und erfahrbar zu machen und dadurch zu einem neuen Leben aus der Kraft des Glaubens in Jesus Christus zu befähigen. Dem Gewissen folgen und sittliche Normen beachten sind dann keine Gegensätze, wenn die Gewissensbildung sich an Gottes Willen und Weisung orientiert und die sichere Lehre der Kirche vor Augen hat.[80]

Einüben in Selbstlosigkeit

Es sei darauf hingewiesen, daß angesichts der psychischen Labilität und der mangelnden Belastbarkeit der jungen Generation sich viele Eltern fragen, ob die Erziehung den Kindern nicht von klein auf mehr abverlangen sollte, als Eltern in der Regel heute ihren Kindern zumuten, das heißt: mehr Verzichte und Entsagungen, mehr Einübung in Selbstlosigkeit und Dienstbereitschaft.[81]

Das Kreuz lehren

Unsere Zeit, in der alles machbar zu sein scheint, ist gekennzeichnet durch ein vordergründiges Konsum-, Lust- und Glücksstreben. Wie sollen unsere Kinder zu einem Leben finden, das von anderen, wichtigeren Werten geprägt ist, wenn solche Werte nicht von den Erwachsenen, von ihren Eltern vorgelebt werden? In wie vielen Ehen und Familien wird das Kreuz als Realität unseres Glaubens und als Zeichen täglicher Hingabe, gegenseitiger Treue und selbstlosen Verzichtes ausgeklammert? Wie aber können wir Menschen bei großen Belastungen im Kreuz Trost und Halt finden, wenn wir uns nicht – wenigstens hin und wieder – in den kleinen Dingen des Alltags am Kreuz orientieren. In seinem Kreuzestod hat Jesus Christus in letzter Radikalität gezeigt, daß unser Leben ein Leben für andere ist. Wo könnte und müßte dies deutlicher sichtbar werden als in christlicher Ehe und Familie?[82]

Die Erziehung der Jugendlichen zur Freiheit und Bindung

Freiheit und Liebe in der Erziehung

Die katholische Auffassung vom Menschen und von der menschlichen Gemeinschaft sieht den Menschen zur Freiheit berufen, zu einer Freiheit in der Bindung der Liebe. Ein französisches Sprichwort sagt: Die Liebe ist das Kind der Freiheit. Damit ist die Richtung menschlicher Freiheit angegeben, die sich verschenken kann zum Dienst für andere, die anderen gut sein will. Eine solche Grundhaltung kann man nicht erzwingen, sondern nur freiwillig schenken. Nur aus einer solchen Freiheit kann die Liebe kommen, die menschliches Leben erfüllen kann. Freiheit und Liebe gehören zusammen, weil in Gott beides zusammengehört. Das Grundgesetz der Christen, das Gebot der Liebe, erweist sich als unlösbar verbunden mit der Freiheit der Kinder Gottes. In Jesus Christus ist Gottes Liebe unter uns. Im Gehorsam gegen den Willen des Vaters hat er seine Freiheit bis zum Tode am Kreuz realisiert. Im Blick auf den himmlischen Vater, dem er sich in Freiheit ganz anvertraute, war er unabhängig gegen die Beurteilung seiner Umwelt, gegen die Traditionen der Vorfahren, gegenüber den Erwartungen der Umwelt und gegenüber den Gefahren, die ihm drohten.

Die Aufgabe heutiger christlicher Erzieher ist es, die Erfahrung von Freiheit im kirchlichen Leben zu vermitteln. Gerade für junge Menschen ist es heute wichtig, daß Leben in der Nachfolge Jesu nicht Einengung, sondern Befreiung bedeutet und daß ein solches Leben Freude und Erfüllung schenkt. Die Antwort auf Gottes Liebe zu uns Menschen kann der einzelne Mensch nur in beglückender Freiheit geben. Der christliche Erzieher wird stets darauf achten, diese Freiheit im jungen Menschen zu fördern und zur Reife zu führen. Das bedeutet, daß er mögliche Abhängigkeiten erkennen lehrt und zu einer kritischen Distanz gegenüber Tagesmeinungen, allgemeinen Erwartungen und dem Urteil der Mitmenschen führt. Er wird immer wieder die Bindung menschlicher Freiheit im Willen Gottes verständlich machen, der uns in der

Schöpfungsordnung und in der Frohen Botschaft Jesu Christi kundgetan worden ist.[83]

Beispiel und Gesprächsbereitschaft

Die Ehe der Eltern sollte Zeugnis des Glaubens sein. So können die Eltern mithelfen, daß Söhne und Töchter zur charakterlichen und religiösen Reife finden können. Diese herangewachsenen Kinder erwarten von ihren Eltern mehr als nur einige mehr oder weniger gute Ratschläge. Sie wollen im Beispiel der Eltern den Wert und den Sinn des Lebens erfassen. Sie wollen Vertrauen, Güte und Verständnis finden. Wichtig ist, daß das Gespräch nicht abreißt, auch wenn es sehr unterschiedliche Auffassungen gibt. Auch wenn man sich nicht einigen kann, soll das Gespräch weitergehen. Ich bitte die Eltern, durch Wort und Beispiel ihren Glauben zu bezeugen und auch mit ihren Kindern über den Glauben zu sprechen.[84]

Ehe als Institution erfahrbar machen

Je gläubiger wir die Ehe sehen und je konsequenter wir den Glauben in ihr zu leben versuchen, um so leichter können junge Menschen den Wert der Ehe als Institution erfahren. Geschlechtliche Hingabe ohne das bindende Ja-Wort der Ehe vergißt, daß „die Liebe zweier Menschen den Eheabschluß vor Gott und den Menschen braucht, um endgültig zu sein“ (Gem. Hirtenwort 1973, S. 13).[85]

Jugendliche und vorehelicher Geschlechtsverkehr

Eine weitere Frage, die häufig gestellt wird, lautet: „Wenn man sich liebt, warum soll man dann nicht auch seine Liebe vor der Ehe im geschlechtlichen Einswerden erleben? Was aus Liebe geschieht, kann doch keine Sünde sein."

Ich verstehe sehr wohl, daß junge Menschen so fragen. Ich entdecke dahinter oft eine echte Gewissensnot. Es gibt ja heute viel Unklarheit und Unsicherheit in den Problemen der geschlechtlichen Liebe. Doch gerade darum müssen wir fragen: „Was ist der Wille Gottes?", denn nicht, was wir meinen oder was die Gesellschaft denkt, ist für uns Christen verbindlich, sondern die Weisung Gottes.

Gott hat dem Menschen die Geschlechtskraft anvertraut. Sie trägt einen hohen Wert für das menschliche Leben in sich. In der geschlechtlichen Begegnung werden die Partner in ihrem ganzen Menschsein an Leib und Seele dauerhaft geprägt. Die volle sexuelle Gemeinschaft soll ein Zeichen ausschließlicher Zugehörigkeit sein. Darum darf sie nur in der auf unwiderrufliche Treue angelegten ehelichen Gemeinschaft gelebt werden.

Frei gewollte Verfehlungen gegen den Willen Gottes sind Sünde. Das darf die Kirche nicht verschweigen, auch dann nicht, wenn viele anders denken.

Ich möchte alle jungen Menschen bitten, sich um Anerkennung und Beachtung der von Gott gegebenen sittlichen Maßstäbe zu bemühen. Ich weiß, wie schwierig das heute ist. Es gehört viel Mut und Kraft dazu, das Richtige einzusehen und auch danach zu leben.[86]

Widerspruch zur kirchlichen Lehre

Manche rechtfertigen heute die volle geschlechtliche Hingabe vor der Ehe. Man sagt, bei fester Bindung und echter Zuneigung und Liebe sei die geschlechtliche Hingabe erlaubt, insbesondere, wenn die Absicht vorhanden sei, zu heiraten, oder wenn äußere Umstände eine Eheschließung noch nicht gestatten. Ein äußerer juridischer Akt der Eheschließung könne nichts Wesentliches hinzugeben. Mancher junge Mensch mag sich heute auch überfordert fühlen von dem Anspruch, die volle Geschlechtsgemeinschaft auf die Ehe zu beschränken. Viele fragen sich: Warum sollen wir nicht tun, was alle anscheinend für richtig halten, wenn wir uns lieben? Hinzu kommt, daß häufig das Verhältnis früh, oft zu früh, beginnt und vorerst keine Möglichkeit zur Eheschließung gegeben ist. Manche verweisen auch auf unterschiedliche Auffassungen, die man von Katholiken hören kann; sie lassen den Eindruck entstehen, als habe sich die kirchliche Lehre in diesem Punkt tatsächlich geändert. Es muß jedoch in aller Klarheit gesagt werden, daß diese Auffassung der kath. Lehre widerspricht. Nach dieser ist volle Geschlechtsgemeinschaft nur in der Ehe erlaubt.[87]

Bewertung vom christlichen Menschenbild her

Man wird nüchtern die Grenzen rationaler Beweisführung sehen müssen. Nicht alles ist zwingend von der Vernunft einzusehen. Manches ist erst im Glauben und auf dem Hintergrund des christlichen Menschenbildes voll überzeugend. Zum Beispiel ist die von der Kirche verkündete Norm, daß die geschlechtliche Vereinigung nur in der endgültigen Bindung der Ehe geschehen darf, wohl nicht zwingend mit Gründen der Vernunft zu beweisen, sondern gründet im christlichen Verständnis vom Menschen.[88]

Ehe nicht ausprobieren

Vorehelicher Geschlechtsverkehr kann die Ehe nicht ausprobieren. Die spätere Ehesituation ist ganz anders als die voreheliche Zeit. Geschlechtsverkehr setzt Verantwortung für das Leben und Schicksal des Partners voraus. Diese Verantwortung kann man nur in der Ehe tragen. Sie allein ist nach dem Willen Gottes der Ort für volle sexuelle Gemeinschaft.
Darum entspricht der voreheliche Geschlechtsverkehr nicht dem Willen Gottes und ist deshalb sündhafte Verfehlung. Hier müssen wir Christen uns um eine klare Sicht bemühen. Nicht das, was andere sagen oder tun, ist entscheidend, sondern das, was Gott uns sagt.[89]

Vorehelicher Geschlechtsverkehr bei Verlobten

Gewiß sind intime Beziehungen zwischen Verlobten oder Festversprochenen anders zu bewerten als solche zwischen zeitweise befreundeten Partnern. Dennoch können diese Beziehungen nicht als der sittlichen Norm entsprechend angesehen werden. Hier zu einer richtigen Entscheidung zu verhelfen, ist vordringliche Aufgabe der Gewissensbildung, geistlicher Führung und pastoraler Hilfen.[90]

Die Verantwortung der Familie für die Sonntagsheiligung und für den Gottesdienst

Sonntagsheiligung einüben

Unauslöschlich möge sich das Wort Jesu in unseren Familien einprägen: „Wo zwei oder drei in meinem Namen versammelt sind, da bin ich mitten unter ihnen."
Von den Zeiten der Urgemeinde in Jerusalem an haben sich die Gläubigen am Sonntag zum Gottesdienst der heiligen Messe zusammengefunden. So soll es auch in unseren Tagen und in unseren Familien bleiben. Der Sonntag soll für uns der Tag des Herrn Jesus Christus sein, der Gedenktag seiner Auferstehung, des neuen Lebens, das er uns geschenkt hat, der Zusammengehörigkeit der Christen untereinander, der Tag des gemeinsamen Gebetes in der Familie.
All das ist in der Feier des christlichen Sonntags zusammengefügt. Wer das verstanden hat, wird die Meßfeier am Sonntag für sich und seine Familie für selbstverständlich halten. Dann wird die Sonntagsmesse Ausdruck unserer Zugehörigkeit zur Gemeinde Jesu Christi sein und nicht nur ein äußeres Gebot.[91]

Gemeinsame Mahlzeiten als Zugang zur Meßfeier

Es ist eine großartige Sache, wenn eine Familie es schafft, Zeit füreinander zu haben, um sich am Mittag oder wenigstens am Abend zur gemeinsamen Mahlzeit um den einen Tisch zusammenzufinden, ohne

Fernsehen und Radio. Das entscheidende bei einer Mahlzeit ist ja nicht nur, daß wir unserem Körper die entsprechend notwendigen Lebensmittel zuführen. Ebenso wichtig ist auch, daß rund um den Tisch eine Gemeinschaft entsteht, daß Menschen ihre Meinungen, ihre Ansichten, ihre Erlebnisse, ihre Überlegungen und Pläne austauschen. Ich weiß, das ist in vielen Familien am Mittag nicht möglich. Sollte es dann aber nicht wenigstens beim Abendbrot geschehen und erst recht am Sonntagmittag? Erst wenn wir wieder richtig Mahl halten können, wenn Mahl mehr ist als bloße Nahrungsaufnahme, dann finden wir vielleicht auch wieder leichter den Zugang zum Opfermahl der heiligen Messe. Wenn Menschen zu Hause kein richtiges Mahl mehr erleben oder nichts mehr damit anfangen können, dann wird der Zugang zur heiligen Messe erschwert. Gewiß besteht hier eine starke gegenseitige Wechselbeziehung.[92]

Einander den Glauben bezeugen

Vor allem an Sonn- und Festtagen werden vielerorts Gemeindemessen gehalten, an denen neben einer Zahl Erwachsener nicht wenige Kinder und Jugendliche teilnehmen. Bei solchen Meßfeiern können die Kinder und Jugendlichen eindrücklich das Glaubenszeugnis der Erwachsenen erfahren. Doch auch die Erwachsenen erfahren das Glaubenszeugnis der Kinder und Jugendlichen; eine solche Feier kann für sie religiös bereichernd sein, weil sie die Rolle der Kinder und Jugendlichen in der christlichen Gemeinde erleben. In solchen Meßfeiern kann es hilfreich sein, bestimmte Aufgaben den Kindern zu übertragen, wie z. B. das Herbeibringen der Gaben usw.[93]

Kindern die Meßfeier erschließen

Die Bischöfe sind sich bewußt, daß insbesondere die getauften Kinder, die noch nicht durch die Sakramente der Firmung und der Eucharistie voll in die Kirche eingegliedert wurden, sowie jene, die schon zur Erstkommunion gegangen sind, der besonderen Sorge der Kirche bedürfen. Für die kirchliche Unterweisung der Kinder liegt eine besondere Schwierigkeit darin, daß die gottesdienstlichen Feiern – vor allem auch die Eucharistie – die ihnen innewohnende pädagogische Wirksamkeit für die Kinder nicht voll entfalten können, wenn auch die Meßfeier in der Muttersprache gehalten werden darf. Sicher kann man auch (deshalb) nicht verlangen, in der Liturgie müßte den Kindern und Jugendlichen stets alles oder jedes verständlich sein. Jedoch wäre eine Beeinträchtigung ihrer religiösen Entwicklung zu befürchten, wenn den Kindern und Jugendlichen Jahre hindurch im Gottesdienst immer nur Unverständliches begegnete.

Aus diesem Grund ist die Hinführung der Kinder und Jugendlichen zur Meßfeier von großer Bedeutung. Die liturgische und eucharistische Unterweisung darf nicht von der gesamten menschlichen und christlichen Erziehung getrennt werden. Entsprechend ihrem Alter und ihrer persönlichen Entwicklung sollen die Kinder auch die menschlichen Werte erleben, die der Eucharistiefeier zugrunde liegen, wie z. B. gemeinsa-

mes Tun, Begrüßung, die Fähigkeit, zuzuhören, Verzeihung zu erbitten und zu gewähren, Bezeugung der Dankbarkeit, Erfahrung zeichenhafter Handlungen und freundschaftlichen Gemeinschaftsmahles sowie festlichen Zusammenseins u. a. m.
An erster Stelle sind hier die jungen Eltern und christlichen Familien zu nennen. Sie sind von größter Bedeutung in der Vermittlung dieser menschlichen und christlichen Werte. Vor allem auch die christlichen Gemeinden, in denen die Kinder und Jugendlichen leben, tragen für die von der Kirche getauften Kinder Verantwortung.[94]

Kinder im Gemeindeleben

Der Besuch der Sonntagsmesse in ihrer Gemeinde sollte den Eltern wichtig sein. Wenn ihre Kinder das merken, möchten sie gern mitgehen und werden ihre Pfarrkirche und ihre Gemeinde kennen- und liebenlernen. Die Pfarreien sollten kinderfreundlich sein und Kinder akzeptieren. Die Eltern sollten nicht stets Sorge haben müssen, daß ihre Kinder andere stören oder in ihrer Frömmigkeit ablenken. Ich bitte also die Gemeinden, in geeigneten Formen zur Familienteilnahme einzuladen, großzügig zu sein und Wege zu finden, die Kinder als Glieder der Familien anzunehmen. Es wäre gut, wenn in unseren Gemeinden Gruppen entstehen würden, die Anregungen für die religiöse Erziehung der kleineren Kinder geben, Feste in den Familien feiern und christliches Brauchtum wieder lebendig machen.[95]

Jugendliche und Gottesdienst

Viele Eltern leiden darunter, daß ihnen wertvolle Ausdrucksformen des Glaubens ihren Kindern anscheinend nichts bedeuten, zum Beispiel das regelmäßige Tischgebet oder der gemeinsame Kirchgang am Sonntag. Andererseits vermögen Ältere kaum zu erkennen, wo im Lebensstil heutiger Jugend Glaube zur Sprache kommt, beispielsweise in der Diskussion in Gottesdiensten, in fremden Formen der Meditation, beim engagierten Eintreten junger Menschen für die Dritte Welt und für Randgruppen bei uns. Gelegentliche Konflikte bei der Gestaltung von Jugendgottesdiensten oder Gemeindemessen, bei neuen Formen der kirchlichen Jugendarbeit oder anläßlich der Aufführung eines religiösen Musicals sind Symptome dieser Verständnisschwierigkeiten.[96]

Die Familie in der Gemeinde und in der Schule

Tun der Gemeinde – Mittun der Familie

Leider betrachten viele Eltern ihre Gemeinde und die Kirche überhaupt lediglich als eine Service-Station, die zur Verfügung stehen muß, wenn man sie braucht. Man zahlt Kirchensteuern, also, so meint man, ist es nicht mehr als Pflicht der Gemeinde, zu bestimmten Zeiten ihren Dienst zu tun, etwa bei der Sakramentenvorbereitung und Spendung, bei Höhepunkten im Jahresablauf. Die Geistlichen vor allem haben dafür zu sorgen, daß die Kinder und Heranwachsenden im richtigen Glauben erzogen werden, aber das ist eine einseitige, verkürzte und falsche Sicht. Denn alles Tun der Gemeinde kann erst wirksam werden, wenn es mitgetragen wird vom Mittun der Familie.[97]

Erziehungshilfe durch die Gemeinde

In den meisten Gemeinden, in Verbänden und Gruppen, in Gesprächskreisen und Seminaren gibt es Angebote zur Glaubensvertiefung und zur besseren Bewältigung des Ehe- und Familienlebens.
Es stimmt bedenklich, wenn solche Angebote von zu wenigen wahrgenommen werden oder wenn gerade die Altersgruppe von Erwachsenen fehlt, deren Kinder sich in einem Alter befinden, in dem sie für Glaubensfragen sehr offen sind und in dem eine Begleitung im Glauben durch ihre Eltern besonders wichtig ist. Von wie vielen Eheleuten und Eltern wird die Chance vertan, die darin besteht, mit anderen gemeinsame Erfahrungen im Glauben und Fragen zum Glauben auszutauschen und miteinander nach neuen Wegen eines christlich geprägten Ehe- und Familienlebens zu suchen?[98]

Unterstützung durch Familiengruppen

Christliche Ehe und Familie kann sich heute nur bewähren im Austausch mit anderen Eheleuten und Familien. Die einzelne Ehe, die einzelne Familie bedarf der Stützung durch andere. Es wäre gut, wenn in unseren Gemeinden immer mehr Ehepaar- und Familiengruppen entständen. In diesen Gruppen können Ehepaare und Familien sich gegenseitig anregen, wie sie ihre Kinder aus dem Glauben heraus erziehen können, wie sie ihre eheliche Beziehung lebendig erhalten können, wie sie Verbindungen zwischen dem Alltag und dem Glauben ziehen können. Sie können miteinander ausprobieren, wie sie Feste in der Familie feiern und altes Brauchtum wieder brauchbar machen können.[99]

Mitverantwortung der Eltern in der Schule

Durch manche Ereignisse in den letzten Jahren haben viele Eltern das Vertrauen verloren, daß sie sozusagen blindlings der Schulverwaltung, den Lehrbüchern, den Lehrplänen, den Lehrern und überhaupt der Entwicklung in der Schule vertrauen könnten. Weil nun Eltern ihren Kindern eine möglichst gute Erziehung und Bildung geben wollen, sie aber andererseits vielfach nicht mehr die Sicherheit haben, sie könnten sich unbesehen den jeweiligen Trends einordnen, haben sie sich in den vergangenen Jahren in verstärktem Maße um die Mitgestaltung und Mitverantwortung im schulischen Bereich bemüht, insbesondere, soweit der erzieherische Aspekt zur Debatte stand.[100]

III.
Eheleute unter dem Kreuz

Belastungen der Ehe

Trotz Schuld und Versagen einander annehmen

Wie Christus die Kirche liebt, so sollen die Eheleute immer von neuem einander annehmen, auch in all ihrer Schuld und all ihrem Versagen; und zugleich sind sie selbst von Jesus Christus angenommen.
Ehe gelingt erst, wenn die Partner sich getragen wissen von der Erfahrung, daß andere in ihrem Leben mitgehen, sie annehmen, sie mittragen und halten, auch wenn sie versagen, hinter Erwartungen zurückbleiben, gesetzte Hoffnungen enttäuschen.[101]

Ehen und Familien in schwieriger Situation

Ich möchte aber auch denen Mut machen, die es schwer in ihrer Ehe haben. Viele Menschen, die sich lieben und heiraten, geraten nach einiger Zeit in Situationen, wo sie glauben, daß ihre Gemeinsamkeiten nicht mehr ausreichen für Treue und gemeinsames Leben. Nicht selten sehen sie sich von Freunden und Verwandten oder Menschen in ähnlicher Situation bestätigt, auftretende Spannungen und Konflikte seien ja doch unlösbar. Einzig gangbarer Ausweg scheinen Trennung, Aufhören, Neuanfang mit einem anderen Menschen.
Und nicht nur in jedem einzelnen Fall – „Aber mit uns geht es doch nicht mehr“ –, sondern ganz grund-

sätzlich wird lebenslange Treue heute weithin für nicht möglich gehalten, weil die Welt sich geändert habe, weil die Ehe und die Formen partnerschaftlichen Zusammenlebens sich geändert hätten, weil der Mensch sich geändert habe.
Was ist da zu tun? Wie Gott uns nicht den Rücken kehrt, obwohl wir ihn oft enttäuschen, so sollen auch Ehegatten immer wieder aufs neue ihre Bereitschaft zur Vergebung unter Beweis stellen. Darum ruft uns der Apostel Paulus zu: „Ertragt euch gegenseitig und vergebt einander, wenn einer dem anderen etwas vorzuwerfen hat. Wie der Herr euch vergeben hat, so vergebt auch ihr" (Kol 3,13). Ja, die Ehe lebt von der täglichen Vergebungsbereitschaft der Ehegatten.
Welche negativen Konsequenzen hat eine Ehescheidung für die Kinder! Ein Mann sagte mir: „Kinder kann man doch nicht wie Möbelstücke aufteilen!" Und eine Mutter schrieb: „Unsere Jüngste, zehn Jahre, erzählte mir von einem Schulkameraden, dessen Eltern geschieden sind, und sagte dann, sie sei froh, daß wir uns fest versprochen haben, immer beieinander zu bleiben, auch wenn wir uns mal zanken." Ganz gewiß bringt eine Ehescheidung für die gemeinsamen Kinder viele Probleme. Schon aus diesen Gründen dürfte eigentlich in einer christlichen Ehe nie mit der Möglichkeit einer Scheidung gespielt werden.[102]

Bewertung des Ehebruchs

Auch heute muß Ehebruch als schwere Sünde gegen Gottes Gebot bezeichnet werden. Nach den Worten Christi genügt aber keineswegs schon eine vielleicht äußerlich korrekte Verhaltensweise: „Ihr habt gehört, daß gesagt worden ist: Du sollst die Ehe nicht brechen. Ich aber sage euch, wer eine Frau auch nur lüstern ansieht, hat in Gedanken schon Ehebruch mit ihr begangen" (Mt 5,28). Äußeres Tun und innere Haltung sollen in Einklang stehen.[103]

Belastungen von Ehe und Familie durch die Gesetzgebung

In den vergangenen Jahren wurden neue staatliche Gesetze in der Bundesrepublik beraten und zum Teil eingeführt, die tief eingreifen in das eheliche und familiäre Leben. Dabei läßt sich wie ein roter Faden durchgehend feststellen, daß die Ehe zunehmend als ein privater Vertrag gesehen wird, wo die staatlichen Gesetze die Rechte des einzelnen gegenüber der Gemeinschaft wahren und sichern sollen, insbesondere im Falle der Scheidung, wo das Scheitern der Ehe schon durch die Fristen als feststehend anerkannt wird. Fast perfektionistisch wird die spätere Versorgung und finanzielle Sicherung geregelt, wenn Eheleute auseinandergehen. In der Praxis hat sich dieses Gesetz so ausgewirkt, daß außereheliches Zusammenleben noch mehr selbstverständlich wird und daß junge Leute bestärkt werden in ihrer Absicht, ohne Ehe zusammenzuleben.
Andererseits wird die Familie zunehmend als „Sozialisationsagentur" betrachtet, die von der Gesellschaft her die Aufgabe und Funktion übertragen bekommen hat, in den ersten Jahren die Kinder zu erziehen, soweit die Eltern den Wünschen der Gesellschaft nachkommen. Auch hier werden die Rechte der Kinder stärker betont und gegebenenfalls auch ohne

Schuld der Eltern gegen diese Eltern durch staatliche Gerichte durchgesetzt, so daß gleichfalls die Sicherheit und der Bestand der Familien von außen gefährdet werden kann. Auch das Jugendhilferecht zeigt in seinem Entwurf die gleiche Grundtendenz.
Da Ehe und Familie nicht isoliert für sich betrachtet werden können, sondern immer in der Gesellschaft leben und auf Hilfe und Schutz der Öffentlichkeit angewiesen sind, sind solche Tendenzen äußerst gefährlich, insbesondere auf längere Sicht. Wer Ehe und Familie in ihrem Bestand und in ihrer Funktionsfähigkeit stärken will, muß daran interessiert sein, daß auch die Öffentlichkeit in Schwierigkeiten hilft und die Einheit der Familie stärkt. Wo die Ehe nicht mehr als lebenslange Bindung, sondern als privater Vertrag mit jederzeitiger Kündigungsmöglichkeit betrachtet wird und wo die Familie nicht in ihren natürlichen Rechten bejaht wird, werden diese grundlegenden menschlichen Gemeinschaften in ihrem Kern gefährdet und der Keim der Zerstörung grundgelegt.[104]

„Weil Jesu Treue niemals aufhört . . .“ Ehe und Ehescheidung

„Da kamen Pharisäer zu ihm, die ihm eine Falle stellen wollten und fragten: Darf man seine Frau aus jedem beliebigen Grund aus der Ehe entlassen? Er antwortete: Habt ihr nicht gelesen, daß der Schöpfer die Menschen am Anfang als Mann und Frau geschaffen hat und daß er gesagt hat, darum wird der Mann Vater und Mutter verlassen und sich an seine Frau binden, und die zwei werden ein Fleisch sein; sie sind also nicht mehr zwei, sondern eins. Was aber Gott

verbunden hat, das darf der Mensch nicht trennen. Da sagten sie zu ihm: Wozu hat dann Mose vorgeschrieben, daß man (der Frau) eine Scheidungsurkunde geben muß, wenn man sich trennen will? Er antwortete: Nur weil ihr so hartherzig seid, hat Mose euch erlaubt, eure Frauen aus der Ehe zu entlassen. Am Anfang war das nicht so. Ich sage euch: Wer seine Frau entläßt, obwohl kein Fall von Unzucht vorliegt, und eine andere heiratet, der begeht Ehebruch.
Da sagten die Jünger zu ihm: Wenn das die Stellung des Mannes in der Ehe ist, dann ist es nicht gut, zu heiraten. Jesus sagte zu ihnen: Nicht alle können dieses Wort erfassen, sondern nur die, denen es gegeben ist; denn es ist so: Manche sind von Geburt an zur Ehe unfähig, manche sind von den Menschen dazu gemacht und manche haben sich selbst dazu gemacht – um des Himmelsreiches willen. Wer das erfassen kann, der erfasse es“ (Mt 19,3-12; vgl. Mk 10,2-12).
Dieses Streitgespräch behandelt eine in der Zeit Jesu strittige Frage, welche Gründe einen Mann berechtigterweise zur Scheidung von seiner Frau berechtigen können. Bei den Juden war die Möglichkeit der Scheidung unbestritten. Die Schriftgelehrten beriefen sich auf das Gesetz des Mose, wo es ausdrücklich heißt: „Wenn ein Mann eine Frau geheiratet hat und ihr Ehemann geworden ist, sie ihm dann aber nicht gefällt, weil er an ihr etwas Anstößiges entdeckt, wenn er ihr dann eine Scheidungsurkunde ausstellt, sie ihr übergibt und sie aus seinem Haus fortschickt, wenn sie sein Haus dann verläßt, hingeht, und die Frau eines anderen Mannes wird, wenn auch der andere Mann sie nicht mehr liebt, ihr eine Scheidungsurkunde ausstellt, sie ihr übergibt, sie aus seinem

Haus fortschickt oder wenn der andere Mann, der sie geheiratet hat, stirbt, dann darf sie ihr erster Mann, der sie fortgeschickt hat, nicht wieder heiraten, so daß sie wieder seine Frau würde, nachdem sie für ihn unberührbar geworden ist. Das wäre dem Herrn ein Greuel (Deuteronomium 24,1-4).

Das Gesetz des Mose wollte damit der Frau einen größeren Rechtsschutz geben: Die Scheidungsurkunde, die vom Mann ausgestellt wurde, war der Beweis, daß sie nicht gegen den Willen ihres Mannes weggelaufen war; die schriftliche Ausstellung sollte außerdem die Gefahr vermindern, daß ein Mann im Zorn seine Frau wegschickte und sie nachher wiederhaben wollte, weil sie ja als Arbeitskraft wertvoll war; eine neuverheiratete, von ihrem ersten Mann geschiedene Frau, durfte zu diesem früheren Mann nicht wieder zurückkehren.

Nach jüdischem Recht war nur der Mann berechtigt, sich von der Frau zu trennen; die Frau selbst hatte diese Möglichkeit nicht. Die Heirat bedeutete für sie eine Versorgung; eine aus der Ehe entlassene Frau mußte wieder in ihr Elternhaus zurückkehren; Sozialversicherungen gab es damals natürlich nicht.

Die Pharisäer, die Jesus diese Streitfrage nach den Gründen der Scheidung vorlegen, wissen natürlich, daß die Schriftgelehrten unterschiedliche Antworten geben. Ein Teil der Schriftgelehrten ist der Auffassung, daß nur ein sehr wichtiger Grund, etwa eine ansteckende Krankheit, zu einer Scheidung berechtigt; ein anderer Teil läßt die Scheidung zu bei jedem beliebigen Grund. Als Beispiel wurde etwa genannt, wenn die Frau das Essen anbrennen läßt, das heißt, wenn sie ihren Haushalt nicht führen kann.

Jesus antwortet mit einer Gegenfrage und argumentiert nach rabbinischer Sitte mit dem Text aus dem Buch Genesis (1,27; 2,24). Aus diesen Schriftstellen folgert Jesus, daß entsprechend der Schöpfungsordnung durch die Ehe Mann und Frau ein Fleisch werden. Sie gelten nun als Einheit, als eine Gemeinschaft, die Gott verbunden hat und die der Mensch nicht trennen darf.
Auf den Einwand der Pharisäer, daß es doch die Scheidungserlaubnis im Gesetz des Mose gebe, antwortet Jesus, daß diese Scheidungserlaubnis nur ein Zugeständnis gewesen sei, das wegen der „Herzenshärte" der Israeliten nötig gewesen sei. Herzenshärte bedeutet die Verhärtung des Herzens gegenüber dem göttlichen Willen und Gottes Weisungen.
Jesus verweist auf die Schöpfung Gottes und erklärt mit Vollmacht und autoritativ das Wort Gottes in dem Sinne, daß Gottes Wille, wie er sich am Anfang der Schöpfung ausgesprochen hat, eine Scheidung nicht vorsieht.
Die Antwort Jesu auf die Frage, welche Gründe zur Erlaubtheit der Scheidung ausreichen, beantwortet die Frage vom Willen Gottes her und macht deutlich, daß dieser ursprüngliche Gotteswille mit dem Kommen Jesu nun wieder Verpflichtung haben soll. In dem Wort Jesu spricht sich sein Sendungsbewußtsein und seine besondere Sohnschaft aus, so daß er die Scheidungserlaubnis des Mose als nun nicht mehr berechtigt abweist. Deshalb endet das Streitgespräch mit dem Wort Jesu: „Ich sage euch: Wer seine Frau entläßt, obwohl kein Fall von Unzucht vorliegt, und eine andere heiratet, der begeht Ehebruch" (Vers 9). Zunächst ist zu diesem Wort Jesu zu bemerken, daß er

einen Mann, der seine Frau entlassen hat und eine andere heiratet, des Ehebruchs beschuldigt. Für Juden war diese Äußerung etwas völlig Neues; denn nach ihrem Verständnis konnte ein Mann nur die Ehe eines anderen Mannes brechen, wenn er mit dessen Frau geschlechtlich verkehrte. Seine eigene Ehe konnte ein Mann nicht brechen, weder durch offiziell erlaubte Nebenfrauen noch durch Geschlechtsverkehr mit Unverheirateten, noch mit intimen Beziehungen zu Huren oder Prostituierten.

Das Wort Jesu macht deutlich, daß die Ehe eines Mannes, der seine Frau entsprechend dem mosaischen Gesetz weggeschickt hatte, weiter Bestand hat, auch wenn die Eheleute nicht mehr zusammenleben und daß eine neue Heirat für den Mann Ehebruch bedeutet, weil eben die erste Ehe vor Gott gültig bleibt. Natürlich wurde diese Eheauffassung Jesu als schwer durchzuführende Verschärfung der sittlichen Anforderungen an den Mann betrachtet (vgl. Vers 10).

Die Antwort Jesu läßt gleichfalls erkennen, daß er eine doppelte Moral, die unterschiedlich ist für Männer und Frauen, nicht akzeptiert. Damals galt eine verheiratete Frau, die mit einem anderen Mann Geschlechtsverkehr hatte, als Ehebrecherin. Diese Bestimmung gilt nun in aller Strenge auch für die Männer. Im Markus-Evangelium, das für Heiden-Christen geschrieben ist, ist das Wort Jesu auf die Rechtsverhältnisse im Römischen Reich erweitert worden, weil nach römischem Recht auch die Frauen berechtigt waren, sich scheiden zu lassen. Deshalb heißt das Wort im Markus-Evangelium – durchaus zu Recht die Intention Jesu auf eine neue Situation angewandt –: Wer seine Frau aus der Ehe entläßt und eine andere heiratet, begeht ihr gegenüber Ehebruch, auch eine Frau begeht Ehebruch, wenn sie ihren Mann aus der Ehe entläßt und einen anderen heiratet (Mk 10,11f.).

Im Text des Matthäus-Evangeliums ist im Unterschied zum Markus-Evangelium die sogenannte Unzuchtsklausel eingefügt: „Auch wenn kein Fall von Unzucht vorliegt." Die Erklärung dieser Stelle ist umstritten. Jedenfalls ist „Unzucht" nicht dasselbe wie „Ehebruch"; bei Ehebruch der Frau war nach dem Gesetz von Mose eine Bestrafung vorgesehen, und zwar die Tötung durch Steinigung bei verheirateten Frauen und durch Erdrosselung bei Verlobten. Jedenfalls war Ehebruch kein Grund zur Scheidung, sondern wurde als Verbrechen bestraft.

Die Exegeten sind sich nicht einig, ob „Unzucht" als eine widernatürliche geschlechtliche Praxis verstanden werden muß, ob es sich um kultische Unzucht handelt (in heidnischen Kulten gab es Tempeldirnen, die eine religiös bestimmte Prostitution betrieben); andere Exegeten sind der Auffassung, daß es sich um Lebensgemeinschaften zwischen männlichen Juden und heidnischen Frauen handelt, die nach strengem jüdischen Recht als ungültige Ehen betrachtet wurden. Unerlaubte Eheschließung zwischen einem Juden und einer heidnischen Frau wurden nach dem Text des Matthäus-Evangeliums dann nicht als gültige Ehe angesehen, und für solche ungültigen Ehen träfe dann das Wort Jesu vom Scheidungsverbot nicht zu, weil es sich gar nicht um eine Ehe handeln würde.

Der Sinn dieser Unzuchtsklausel ist nicht mit Sicherheit festzumachen. Jedenfalls geht aus dem ganzen

Zusammenhang (vgl. Verse 4-6) hervor, daß diese Klausel nicht wieder eine Ausnahme vom Scheidungsverbot sein soll. Bemerkenswert ist, daß nur im Matthäus-Evangelium dieser Zusatz vorkommt (außer an dieser Stelle noch Mt 5,32), jedoch nicht im Markus-Evangelium (Mk 10,10-12), auch nicht im Lukas-Evangelium (16,18) und nicht im ersten Korintherbrief (1 Kor 7,10f.).

Die katholische Kirche hat – sicherlich nicht ohne Mitwirkung des Heiligen Geistes – die Worte Jesu zur Ehescheidung immer so verstanden, daß eine gültige Ehe bei Lebzeiten beider Ehepartner nicht geschieden werden soll und daß auf jeden Fall ein geschiedener Partner nicht wiederheiraten darf, solange der andere lebt. Das war die Praxis der Urkirche, wie wir aus dem Brief des Apostels Paulus an die Korinther ersehen. Die Kirche hat bei schwerwiegenden Gründen die Trennung der Ehegatten – eventuell auf Zeit – geduldet, jedoch eine Wiederheirat stets als Ehebruch betrachtet. Wenn Mann und Frau Bild und Gleichnis Gottes sind, wenn ihre Liebe, Treue und Schöpferkraft Abbild von Gottes Liebe, Treue und Schöpferkraft sind, dann ist der Ehe eine kaum zu überbietende Würde zugesprochen. In der Ehe wird die Liebe Christi zu seiner Kirche abgebildet und nachvollzogen: „Dies ist ein tiefes Geheimnis; ich beziehe es auf Christus und die Kirche. Was euch angeht, so liebe jeder von euch seine Frau wie sich selbst. Die Frau aber ehre den Mann" (Eph 5,32f.).

Gemäß dem Glauben der katholischen Kirche ist eine Ehe zwischen zwei getauften Partnern ein Sakrament, das heißt, Abbild des Bundes Christi mit den Menschen und heilswirksames Zeichen göttlicher Gnade für die Eheleute. Weil Jesu Treue zu den Menschen niemals aufhört, muß eine sakramentale Ehe in jedem Fall unauflöslich sein, „bis der Tod euch scheidet".

Im Matthäus-Evangelium wird im Anschluß an das Streitgespräch über die Ehescheidung mit den Pharisäern noch ein Jüngerspruch Jesu angefügt. Die Jünger drücken zunächst ihr Erschrecken darüber aus, daß Männer ihre Frauen nicht entlassen dürfen aus der Ehe, und sie schließen daraus, daß es dann doch besser sei, überhaupt nicht zu heiraten. Natürlich steht nicht im Blickpunkt das heutige Problem des Zusammenlebens ohne Eheschließung, sondern der Verzicht auf die Eheschließung überhaupt. Jesus antwortet darauf in dem Sinne, daß nicht die sittlichen Forderungen des göttlichen Willens generell von einer Ehe abschrecken sollen, sondern daß es eine besondere Gabe Gottes gibt, die er nicht allen, sondern nur einzelnen gibt, ehelos zu bleiben.

Jesus sagt ausdrücklich, daß nicht alle ehelos bleiben sollen und können, sondern nur die, denen es Gott als Charisma gegeben hat. Jesus bekräftigt also die Auffassung, die bei den Juden nicht selbstverständlich war, daß Ehe und Kinder haben nicht eine göttliche Verpflichtung ist, sondern daß es Menschen gibt, die von Gott gerufen sind, ehelos zu bleiben. Es gibt solche, die von Geburt an zur Ehe unfähig sind. Es gibt außerdem Menschen, die sich selbst zur Ehe unfähig gemacht haben um des Gottesreiches willen. Jesus selbst lebte ohne eheliche Gemeinschaft. Gewiß leben in gleicher Weise ehelos auch ein Großteil seiner Jünger. Vielleicht wurden Jesus und die Gruppe der ehelosen Jünger aus diesem Grunde verspottet. Das Wort Jesu könnte eine Antwort darauf sein: Wer die herandrängende Gottesherrschaft als sein großes Anliegen, als seine Sendung erfaßt hat, lebt so. Er hat nicht nur keine Zeit für ein eheliches Leben und für die Erziehung von Kindern, sondern er kann gar keine Ehe führen. Er kann nicht eins sein mit einer Frau und sich seinen Kindern widmen, denn er ist ganz eins mit der Sache Jesu und mit dem Willen des himmlischen Vaters. Seine Familie, das sind die, die den Willen des Vaters im Himmel tun.

Die Schlußmahnung, wer es fassen kann, der fasse es, ist die Aufforderung Jesu, um des Reiches Gottes willen ehelos zu leben, wenn man sich dazu fähig weiß.

Die katholische Kirche hat die Aussage Jesu inhaltlich nicht vergessen, sondern durchgehalten mit unterschiedlichen Akzenten: Stets hat sie freiwillige Ehelosigkeit, nicht Ehelosigkeit mit Zwang gewünscht, und zwar um des Reiches Gottes willen, als Antwort auf eine besondere Gabe Gottes. Sie sieht Ehelosigkeit um des Reiches Gottes willen als eine mögliche anerkannte christliche Lebensweise an und ermuntert junge Menschen, die Ehelosigkeit um des Reiches Gottes willen zu wählen, um der Nachfolge Jesu willen. Dabei weiß die Kirche, daß diese Gabe nicht allen, sondern nur einigen gegeben ist. Sie fordert jedoch von allen, die Priester werden wollen, das freiwillige Versprechen vor der Weihe zum Diakon, ein Leben lang ohne Ehe und Geschlechtsgemeinschaft leben zu wollen.[105]

Scheidung

Und doch ist das Leben oft härter als alle guten Wünsche. Wir können die Augen nicht vor der Realität des Lebens verschließen: Auch unter Christen gibt es Geschiedene.

Ein Wort der Ermutigung möchte ich denen sagen, deren Treue enttäuscht oder zerbrochen ist. Ich weiß, wie weh das tun kann; welches Leid über Ehepartner und Kinder kommen kann; wie alleingelassen oder gar überflüssig ein Mensch sich dann vorkommen kann; wie einer sich im Gewissen quälen kann, wenn er die Gründe für den Bruch überwiegend bei sich selbst sieht. Ich weiß auch, daß kein Mensch von außen her Schuld zumessen darf oder über die innersten Beweggründe urteilen kann.

Wenn eine Ehe trotz ernster Versöhnungsversuche nicht mehr zu retten ist, kennt die Kirche die Trennung von „Tisch und Bett", also die Aufhebung der Lebensgemeinschaft. Diese Trennung erfolgt oft wegen der bürgerlich-rechtlichen Folgen in Form der staatlichen Ehescheidung. Wegen des Treuegebotes Christi ist die sakramental geschlossene Ehe aber grundsätzlich unauflöslich. Die Ehepartner werden auch nach der Scheidung aus der Verantwortung füreinander nicht entlassen.

Ich möchte Sie einladen, Ihr Leben nach Möglichkeit allein in die Hand zu nehmen und so zu gestalten, daß andere und Sie selbst es als sinnvoll empfinden. Wenn das gelingen soll, gehört dazu, die Vergangenheit in innerer Auseinandersetzung und im Gespräch mit anderen aufzuarbeiten, auch, was daran Schuld war, zu erkennen und anzunehmen. Oft gibt es die Chance

der Versöhnung mit dem Ehepartner, jedenfalls die Möglichkeit der Beichte, die den Weg zu einem sinnvollen Leben wieder freimacht. Ich wünsche Ihnen, daß Sie mit anderen Menschen den Gefühlen der Angst, der Einsamkeit und Sinnlosigkeit entkommen. Ich bitte Sie, weiter zu beten und dabei auch Ihre erste Liebe nicht zu vergessen.
Wessen Ehe zerbrochen ist, der soll wissen, daß niemand das Recht hat, den Stab über ihn zu brechen. Nur Gott kennt die Nöte, die solche Menschen durchlitten haben. Nur Gott kann urteilen. Wir wollen alles tun, damit diese geschiedenen Frauen und Männer auch allein im Leben zurechtkommen. Wir wollen ihnen zeigen, daß sie zu unserer Gemeinde gehören, daß sie einen Platz haben in unseren kirchlichen Gruppen und Vereinen, und wir wollen ihnen bei der Erziehung ihrer Kinder helfen.[106]

Die geschiedenen Wiederverheirateten in der Kirche

An die geschiedenen Wiederverheirateten

Was aber soll ich denen sagen, die trotz allem nach einer Scheidung wiedergeheiratet haben?
Viele unter ihnen werden in dem Bewußtsein leben, jetzt erst den richtigen Partner für ihr Leben gefunden zu haben und glücklich zu sein. Daß die Kirche ihrer Entscheidung nicht zustimmt, liegt quer dazu. Den einen kränkt das; den anderen verblüfft das, viele verstehen das nicht; mancher ist darüber bekümmert, weil er die Haltung der Kirche zwar versteht, aber

seine eigene Entscheidung nicht mehr ändern zu können glaubt: des neuen Partners wegen, der Kinder wegen. Ich bitte um Verständnis dafür, daß die Kirche das hohe Gut der Unauflöslichkeit einer christlichen Ehe nicht preisgeben kann. Wir dürfen die Forderung Jesu nach unbedingter lebenslanger Treue nicht unterlaufen. Aber so wichtig es ist, daß wir den Anspruch Christi – und dazu gehört die Forderung nach ehelicher Treue – nicht aufgeben, ebenso wichtig ist es aber auch, daß wir niemanden fallenlassen und keinem Menschen das Gefühl geben, von der Barmherzigkeit Gottes ausgeschlossen zu sein. Darum rate ich denen, die standesamtlich wiedergeheiratet haben, alles zu tun, um ein Leben aus dem Glauben zu führen. Wenn sie auch nicht zur heiligen Kommunion gehen können, so können sie doch ein Leben führen mit Gebet und Teilnahme an der Meßfeier, so gehören sie doch zur Gemeinde.
Sollten Sie im Zweifel darüber sein, ob Ihre erste Ehe vor Gott, vor Ihrem Gewissen und der Kirchengemeinschaft überhaupt gültig besteht, sprechen Sie darüber doch mit einem Seelsorger Ihres Vertrauens. Die Gemeindemitglieder aber bitte ich, nicht in pharisäerhafter Strenge über andere zu richten. Jesus sagt uns: „Richtet nicht, damit ihr nicht gerichtet werdet" (Mt 7,1).[107]

Keine „befriedigende Lösung" möglich

Die Gemeinsame Synode der Bistümer beklagt zwar, daß Seelsorger in den geltenden kirchlichen Bestimmungen oft kein befriedigendes Instrumentarium für pastorale Hilfen fänden, stellt aber auch zu Recht fest:

„Die notwendige Klärung der offenen theologischen, pastoralen und rechtlichen Fragen kann nur in Übereinstimmung mit der Gesamtkirche gesucht und gefunden werden." Ob allerdings die Erfüllung der Bitte der Synode, „eine pastoral befriedigende Lösung herbeizuführen",[108] möglich ist, bezweifle ich; denn wie kann es eine „befriedigende Lösung" geben, wo ein gemeinsamer Weg der Eheleute abgebrochen wurde?

Wie kann es eine befriedigende Lösung geben, wo Menschen enttäuscht und verletzt auseinandergingen, weil sie der einmal gegebenen Zusage, einander die Treue zu halten bis zum Tod, untreu geworden sind? Bei unserem pastoralen Bemühen um die wiederverheirateten Geschiedenen muß die Weisung Jesu für uns Maßstab sein. Nur dann werden wir nicht einer Verdunkelung des kirchlichen Zeugnisses für die Unauflöslichkeit der sakramentalen Ehe Vorschub leisten. Denn nicht das vermeintlich Nützliche, sondern nur der Wille Gottes, den uns Christus Jesus verkündet hat, ist für uns bindend.[109]

Glaubensleben im persönlichen und familiären Bereich

Der persönliche Glaube und die Bereitschaft zur Umkehr und Buße sind Grundlagen christlicher Lebensgestaltung (Mk 1,15). Deshalb soll der wiederverheiratete Geschiedene, wie jeder Christ, seinen Glauben lebendig halten:

– im Lesen und Hören der Heiligen Schrift,
– im persönlichen Gebet,
– im Gebet der Familie,

– im Bemühen der Hinführung der Kinder zum Glauben.
Als Eltern sind sie die ersten Glaubensboten für ihre Kinder und sollen auch die religiöse Erziehung nach bestem Wissen und Gewissen durchführen.
Auch wenn der wiederverheiratete Geschiedene das Bußsakrament nicht empfangen darf, soll er Buße und Umkehr üben:
– in der Reue über seine Schuld am Scheitern der ersten Ehe,
– im Gebet für den Partner und für die Kinder aus der ersten Ehe,
– im Gebet um Gottes Barmherzigkeit, weil das Leben in der „Zweitehe" nicht der Weisung des Herrn entspricht,
– durch tätige Buße (zum Beispiel durch die Sorge für die hilfsbedürftigen Kinder und den hilfsbedürftigen Partner aus der ersten Ehe).[110]

Grundsätze der Seelsorge

Die Seelsorge an wiederverheirateten Geschiedenen und eine damit verbundene eventuelle Zulassung zu den Sakramenten muß sich leiten lassen von folgenden Regeln:
– Maßgeblich ist der Wille Gottes, den uns Jesus Christus verkündigt hat und den das kirchliche Lehramt verbindlich auslegt.
– Die pastorale Praxis muß in Übereinstimmung stehen mit der Glaubens- und Sittenlehre der Kirche.
– Lösungen und Antworten müssen in der Gesamtkirche gesucht werden. Seelsorger dürfen durch Alleingänge in dieser Frage Gemeinden nicht in die

Isolierung führen und zur Verwirrung der Gläubigen beitragen.
– Die wiederverheirateten Geschiedenen sollen in die Sorge der Gesamtgemeinde einbezogen werden. Die Pastoral darf sich nicht einengen lassen auf die Frage nach der Möglichkeit des Empfangs von Bußsakrament und heiliger Kommunion.[111]

In der Sorge der Gemeinde

Wiederverheiratete Geschiedene meiden oft den Kontakt mit dem Seelsorger und der Pfarrgemeinde. Manche fürchten, nur Vorwürfe zu erhalten oder verletzend bedauert zu werden. Viele wissen nur, daß sie von den Sakramenten ausgeschlossen sind, sie wissen aber nicht, welche Rechte, Pflichten und Möglichkeiten sie trotz ihrer ungültigen Ehe weiterhin in der Kirche haben. Manche meinen, aus der Kirche ausgeschlossen zu sein.
Wiederverheiratete Geschiedene sollen in die Sorge und den Dienst der Gemeinde einbezogen und auch an gemeindlichen Aktivitäten beteiligt werden. Die Gemeinde des Herrn ist der Raum, in dem Menschen, die schuldig wurden, Platz haben, in dem jeder tagtäglich beten muß „vergib uns unsere Schuld, wie auch wir vergeben unseren Schuldigern", in dem aber Gottes Gnade Reue und tätige Umkehr schenken kann.[112]

Mitleben in der Gemeinde

Die wiederverheirateten Geschiedenen bleiben als Getaufte und Gefirmte Glieder der Kirche, auch

wenn sie nicht zum Bußsakrament und zur heiligen Kommunion zugelassen sind. Sie können auf vielfache Weise am kirchlichen Leben teilnehmen.
– Ihnen wird der Glaube verkündigt, und sie sollen Zeugnis geben von ihrem Glauben.
– Sie gehören zur Gebets- und Gottesdienstgemeinschaft der Gemeinde und sollen durch ihr persönliches Mitwirken und Mitfeiern diese Zugehörigkeit leben.
– Sie haben teil am Zeugnis gelebter Liebe und sollen selbst dieses Zeugnis geben.
Darüber hinaus muß uns bewußt bleiben, daß Gottes Wege, durch die er uns die Gnade der Christusgemeinschaft schenkt, nicht immer unsere Wege sind. Über das ewige Heil eines Menschen entscheidet nur Gott; deshalb ist der Ausschluß aus der Kommuniongemeinschaft nicht einfach gleichzusetzen mit dem Ausschluß vom ewigen Leben.[113]

Möglichkeiten der Mitarbeit

Welche Möglichkeiten konkret gegeben sind und in welcher Weise die Familien der geschiedenen Wiederverheirateten in das Leben der Pfarrgemeinden einbezogen werden können, müßte im Einzelfall jeweils zwischen dem Pfarrer und den betroffenen Familien überlegt werden. Der Pfarrer wird hier auch die Möglichkeiten einbeziehen bezüglich einer Mitarbeit in kirchlichen Verbänden und Gruppierungen, von Hilfen für die Erziehung der Kinder, einer allgemeinen Gewissensberatung und einer Information über Voraussetzungen, unter denen nach allgemeiner kirchlicher Praxis eventuell Kommunionempfang möglich ist, zum Beispiel bei fortgeschrittenem Alter, in Todesgefahr u. ä. Es kann gegebenenfalls auch die Gültigkeit der ersten Ehe bzw. die Möglichkeit einer Nichtigkeitserklärung geprüft werden.[114]

Quellenverzeichnis

1 Aus: Hirtenbrief vom 27. 12. 1981
2 Aus: Silvesterpredigt (1976) S. 6f.
3 Aus: Fastenhirtenbrief (1979) S. 3f.
4 Aus: Referat „Familie" – Priestertag in Hagen (1979)
5 Aus: Menschliche Geschlechtlichkeit (1976) S. 12
6 Aus: Menschliche Geschlechtlichkeit (1976) S. 25
7 Aus: Fastenhirtenbrief (1979) S. 5
8 Vgl. Referat „Familie" – Priestertag in Hagen (1979)
9 Aus: Fastenhirtenbrief (1981) Pkt. 1
10 Aus: Fastenhirtenbrief (1979) S. 1f.
11 Vgl. Der Dom Nr. 45 (1979) S. 3
12 Aus: Menschl. Geschlechtlichkeit (1976) S. 18f.
13 Aus: Menschl. Geschlechtlichkeit (1976) S. 18
14 Aus: Ansprache bei der Pressekonferenz am 24. 11. 83 zur Aktion Familie
15 Aus: Predigt in der Meßfeier beim Diözesantreffen der Aktion Familie am 3. 12. 1983
16 Aus: Menschl. Geschlechtlichkeit (1976) S. 13
17 Vgl. Silvesterpredigt (1976) 10f.
18 Aus: Silvesterpredigt (1976) 4f.
19 Aus: Silvesterpredigt (1976) 16f.
20 Aus: Hirtenbrief vom 27. 12. 81
21 Aus: Fastenhirtenbrief (1979) S. 3
22 Aus: Hirtenbrief (1981) Schlußwort – S. 6
23 Aus: Fastenhirtenbrief (1979) I,1 – S. 2
24 Aus: Menschl. Geschlechtlichkeit (1976) S. 24
25 Aus: Fastenhirtenbrief (1981) Vorwort – S. 1
26 Aus: Fastenhirtenbrief (1979) I,1 – S. 3
27 Aus: Menschl. Geschlechtlichkeit (1976) S. 23f.
28 Aus: Der Dom Nr. 25 (1978), S. 3.
29 Aus: Ansprache bei der Pressekonferenz am 24. 11. 83 zur Aktion Familie
30 Aus: Fastenhirtenbrief (1982) Nr. V

31 Aus: Fastenhirtenbrief (1981) Nr. 1

32 Aus: Fastenhirtenbrief (1982) Nr. VI.

33 Aus: Fastenhirtenbrief (1979) S. 12

34 Aus: Fastenhirtenbrief (1982) Nr. VI.

35 Aus: Fastenhirtenbrief (1979) S. 12

36 Aus: Der Dom Nr. 29 (19. 7. 1981)

37 Aus: Fastenhirtenbrief (1982) Nr. III.

38 Aus: Fastenhirtenbrief (1982) Nr. III.

39 Aus: Der Dom Nr. 29 (19. 7. 1981)

40 Aus: Fastenhirtenbrief (1982) Nr. II.

41 Aus: Menschl. Geschlechtlichkeit (1976) S. 17f.

42 Aus: Fastenhirtenbrief (1982) Nr. II.

43 Aus: Fastenhirtenbrief (1982) Nr. V.

44 Aus: Hirtenbrief vom 27. 12. 1981

45 Ausführungsbestimmungen der Dt. Bischofskonferenz zu „Matrimonia mixta“ 1970

46 Vgl. ebd. Vorwort

47 Aus: Fastenhirtenbrief (1979) S. 12

48 Aus: Silvesterpredigt (1975) S. 18f.

49 Aus: Fastenhirtenbrief (1982) Pkt. III.

50 Aus: Der Dom Nr. 29 (1981) S. 8

51 Aus: Silvesterpredigt (1975) S. 18

52 Predigttext

53 Aus: Der Dom (1979) Nr. 45/3

54 Aus: Hirtenbrief vom 27. 12. 1981

55 Aus: Das Schöpferische – Ein christlicher Beitrag zur humanen Weltgestaltung (1979), S. 3

56 Aus: Fastenhirtenbrief (1979) I,3

57 Erklärung über die christliche Erziehung, Artikel 3

58 Aus: Eltern in der Bewährungsprobe. In: Die Stimme der Familie, München 22 (1975) S. 81

59 Aus: Christliche Erziehung – Ziele und Wege. In: Thomas-Morus-Akademie – Bensberger Protokolle Nr. 18 (1977) S. 49f.

60 Vgl.: Christliche Erziehung in Elternhaus, Schule und Gemeinde – Jahresschlußpredigt (1977) S. 6

61 Aus: Der Dom Nr. 27/28 (1978) S. 3

62 Aus: Fastenhirtenbrief (1979) Nr. II,1

63 Aus: Geistl. Wort zum 1. Jan. 1978

64 Aus: Das Schöpferische – Ein christlicher Beitrag zur humanen Weltgestaltung (2. 5. 1979) Pkt. 1.

65 Aus: Das Schöpferische – Ein christlicher Beitrag zur humanen Weltgestaltung (1979) Pkt. 2

66 Aus: Fastenhirtenbrief (1980)

67 Aus: Hirtenbrief vom 27. 12. 1981

68 Konstitution über die Kirche „Lumen gentium", Art. 11.

69 Aus: Fastenhirtenbrief (1979) Nr. II,2

70 Aus: Menschliche Geschlechtlichkeit (1976) S. 14

71 Aus: Christliche Erziehung in Elternhaus, Schule und Gemeinde – Jahresschlußpredigt (1977) S. 4

72 Aus: Referat „Familie" – Priestertag in Hagen (1979)

73 Aus: Das Schöpferische – Ein christlicher Beitrag zur humanen Weltgestaltung (1979) Pkt. 2

74 Aus: Das Schöpferische – Ein christlicher Beitrag zur humanen Weltgestaltung (1979) Pkt. 5

75 Aus: Christliche Erziehung in Elternhaus, Schule und Gemeinde – Jahresschlußpredigt (1977) S. 7

76 Aus: Der Dom Nr. 16 (1980) S. 3

77 Aus: Fastenhirtenbrief (1983) Pkt. III.

78 Aus: Christliche Erziehung in Elternhaus, Schule und Gemeinde – Jahresschlußpredigt (1977) S. 7f.

79 Aus: Fastenhirtenbrief (1983) Pkt. II.

80 Aus: Menschliche Geschlechtlichkeit – Gabe und Aufgabe; Jahresschlußpredigt (1976) S. 30

81 Aus: Christliche Erziehung in Elternhaus, Schule und Gemeinde – Jahresschlußpredigt (1977) S. 6

82 Aus: Fastenhirtenbrief (1979) S. 10.

83 Aus: Die Freiheit der Kinder Gottes – In: Christ und Bildung 27 (1981) S. 5

84 Aus: Fastenhirtenbrief (1979) S. 11f.

85 Aus: Menschliche Geschlechtlichkeit (1976) S. 24f.

86 Aus: Fastenhirtenbrief (1982) Pkt. IV.

87 Aus: Silvesterpredigt (1976) S. 20

88 Aus: Silvesterpredigt (1976) S. 28

89 Aus: Hirtenbrief vom 27. 12. 1981

90 Aus: Silvesterpredigt (1976) S. 21f.

91 Aus: Fastenhirtenbrief (1983) Pkt. IV.

92 Aus: Fastenhirtenbrief (1983) Pkt. I.

93 Aus: Kinder und Jugendliche im Gottesdienst, Kat. Bl. 103 (1978) H. 1 – S. 9

94 Aus: Kinder und Jugendliche im Gottesdienst, Kat. Bl. 103 (1978) H. 1 – S. 8f.

95 Aus: Fastenhirtenbrief (1979) S. 11

96 Aus: Fastenhirtenbrief (1978) Pkt. I, 2

97 Aus: Referat „Familie" – Priestertag in Hagen (1979)

98 Aus: Fastenhirtenbrief (1979) S. 10

99 Aus: Fastenhirtenbrief (1979) S. 13

100 Aus: Christliche Erziehung in Elternhaus, Schule und Gemeinde – Jahresschlußansprache (1977) S. 1f.

101 Aus: Fastenhirtenbrief (1979) S. 5 und 3

102 Aus: Fastenhirtenbrief (1981) Pkt. 2

103 Aus: Silvesterpredigt (1976) S. 19f.

104 Aus: Referat „Familie" – Priestertag in Hagen (1979)

105 Predigttext

106 Aus: Fastenhirtenbrief (1981) Pkt. 3

107 Aus: Fastenhirtenbrief (1981) Pkt. 4

108 Aus: Dokument Ehe und Familie, 3.5.3.1 der Gemeinsamen Synode der Bistümer in Deutschland.

109 Aus: Seelsorge an wiederverheirateten Geschiedenen (1981) S. 2f./Nr. I.

110 Aus: Seelsorge an wiederverheirateten Geschiedenen (1981) S. 9/Nr. 3.2

111 Aus: Seelsorge an wiederverheirateten Geschiedenen (1981) S. 3f./Nr. II

112 Aus: Seelsorge an wiederverheirateten Geschiedenen (1981) S. 8/Nr. 3

113 Aus: Seelsorge an wiederverheirateten Geschiedenen (1981) S. 8/Nr. 3.

114 Aus: Der Dom Nr. 25 (18. 6. 1978)

ANHANG

Ehe- und Familienarbeit des Erzbistums Paderborn

Gemäß der Bedeutung des Sakramentes der Ehe und der Familie für den einzelnen und für das Leben der Gemeinden bemüht sich die katholische Kirche im Erzbistum Paderborn um die Menschen, die Ehe leben und die Familie tragen. Es gilt, den einzelnen Christen durch die Gemeinschaft der Glaubenden und die damit verbundenen Dienste das Geschenk der Liebe und des Sakramentes der Ehe erfahrbar werden zu lassen, Ehe und Familie zu fördern und gegen Anfechtungen von außen zu stärken und zu schützen.

Die Familienarbeit umfaßt drei große Aufgabengebiete:

- die Vorbereitung auf Ehe und Familie (Ehevorbereitung),
- die Begleitung von Ehe und Familie im Alltag (Ehe- und Familienbegleitung),
- die Beratung von Ehe und Familie in Notsituationen (Ehe- und Familienberatung).

Die Aufgabengebiete hängen sehr eng zusammen. Im Grunde sind alle Aktivitäten, die die Familie stärken, Ehevorbereitung, da Kinder und Jugendliche durch das Vorbild ihrer Eltern besonders stark geprägt werden und so auch ihre Lebensentscheidung zur Ehe oder Ehelosigkeit beeinflußt wird. Auch ist eine Gemeindearbeit, die den Paaren und Familien Erlebnisse und Heimat ermöglicht, die beste Form der Ehebegleitung. Denn es sind die kleinen, nicht in Statistiken auszudrückenden Dienste, die Menschen Mut machen, Ehe zu leben, und bewirken, daß Eheleute

- sich in der Gemeinde zu Hause fühlen,
- Freunde und Vertraute gewinnen,
- Menschen, die aus dem Glauben heraus Ehe leben, begegnen und
- Ehepaare erleben, die sich treu bleiben.

Ehevorbereitung

Sie erfolgt in der Erzdiözese Paderborn vornehmlich durch:

Ehevorbereitungsseminare

Die Ehevorbereitungsseminare oder Brautleutekurse wurden bereits in den 50er Jahren initiiert, mit dem Ziel, jungen Paaren, die sich auf eine christliche Ehe und Familie vorbereiten, Start- und Lebenshilfen für diesen neuen Lebensabschnitt zu geben.
Angeboten und getragen werden diese Seminare von den Dekanaten, Familienbildungsstätten, Verbänden, Pfarrgemeinden und Pfarrverbänden.

Partnerschaftstraining

Diese Bildungsangebote richten sich an junge Paare, Verlobte, Verliebte, einander Versprochene und werden in Form von Wochenendveranstaltungen durchgeführt. Sie wollen helfen,
- sich besser kennenzulernen,
- in einen Austausch über christliche Ehe und Familie zu kommen,
- Entscheidungshilfen zur Ehe zu erarbeiten.

An den Wochenenden steht den Teilnehmern ein Leitungsteam (Priester, Ehepaar, Fachleute) zu Gesprächen zur Verfügung.

Jugendarbeit

Wesentlich trägt die Jugendarbeit einer Gemeinde zur Vorbereitung auf Ehe und Familie bei.
- Verstärkt arbeiten als Gruppenleiter erwachsene verheiratete Mitarbeiter(-innen) mit. Diese sind für die Kinder und Jugendlichen Verhaltensmuster.
- Da, wo Gruppen koedukativ arbeiten, entwickeln sich Lernfelder für das Verhältnis der Geschlechter untereinander. Voraussetzung ist hier, daß die Gruppenleiter

diese Lernfelder sehen und die hier aufbrechenden Fragen in der Gruppe ansprechen und in ihrem eigenen Verhalten sich dem anderen Geschlecht gegenüber beispielhaft zeigen.

– Die Lernziele der Mitarbeiterausbildung des Bundes der Deutschen Kath. Jugend und des Erzbischöflichen Jugendamtes sind zum Teil identisch mit den Zielen der Ehevorbereitung.

Das Wesentliche der Jugendarbeit für Ehe und Familie ist die sich in den Gruppen und Verbänden entwickelnde Gemeinschaft. Da, wo zum Beispiel einer der Gruppenleiter heiratet, erleben die anderen die Freundschaft, die Liebe, die Hochzeit mit. Sie helfen mit bei den vielen anfallenden vorbereitenden Arbeiten. Sie feiern mit und haben auch nach der Eheschließung Kontakt zu den jungen Paaren. Hier wird das Wirklichkeit, was für ein junges Paar Gemeinde bedeuten kann.

Ehe- und Familienbegleitung

Familie soll in ihrem Zusammenleben da bestärkt werden, wo sie lebt und wo die Anforderungen aus Gesellschaft und Staat sie treffen. Hilfen der Kirche sollen den Alltag der Familie berühren und ihn bewältigen helfen. Darum ist der Ort, wo Familienbegleitung geschieht, in erster Linie die Gemeinde. Auch sind die Angebote der Kirche Antwort auf die Lebenssituation der Familie. Diese Arbeit geschieht vornehmlich in folgenden Bereichen:

Familiengruppenarbeit

In vielen Gemeinden bilden sich Familiengrupen, die unterschiedlich arbeiten. Die Spannweite geht von Ehepaargesprächsgruppen, Elternkreisen, die mit Hilfe von Begleitbriefen/Büchern oder Gesprächsheften über Erziehung miteinander reden, zu Lebensgruppen, die versuchen, als Familie zusammen „Christ-sein" zu leben.

Durch den Versand der Gesprächshefte „Neue Gespräche“ – Handreichungen für Familiengruppen und Gesprächskreise – Verlag Fredebeul und Koenen KG in Essen-Werden und herausgegeben von der Arbeitsgemeinschaft für kath. Familienbildung werden vom Erzbischöflichen Generalvikariat ca. 500 Mitarbeiter in Familiengruppen erfaßt. Darüber hinaus wird in vielen kath. Kirchengemeinden der Elternbrief „Ich – Du – Wir“ nach der Taufe den Eltern zugeleitet. Der im Einhardt-Verlag, Aachen, erscheinende Brief soll die Eltern in der Erziehung ihrer Kinder bis zum 12. Lebensjahr begleiten und unterstützen. Durch Angebote der Weiterbildung (Wochenenden, Tage der Orientierung) sollen die Familiengruppen in ihrer Arbeit bestärkt und gefördert werden.

Sakramentenpastoral

Die Mitarbeit von Vätern und Müttern in der Sakamentenvorbereitung – vor allem bei der Buß-, Eucharistie- und Firmvorbereitung – ist in den meisten Gemeinden nicht mehr wegzudenken. Schon dadurch wird deutlich, daß die Hinführung zum Glauben an den Stationen der Sakramente Sache der Eltern und Familien ist. Bei den Mitarbeitern geschieht Glaubenserneuerung, und sie erhalten neue Impulse für das Glaubensleben in der eigenen Familie.
Darüber hinaus ist bewußt geworden, daß möglichst alle Eltern und Familien in die Sakramentenvorbereitung stärker einbezogen werden müssen, wenn die Vorbereitung der Kinder und Heranwachsenden nachhaltige Wirkung haben soll. Der Akzent der Arbeit verlagert sich von daher immer mehr auf die Eltern und Familien hin. An mehreren Elternabenden und bei Unternehmungen der Familien erhalten Eltern und Familien Anregungen für ihr Mittun zu Hause, für eine Neuorientierung ihres Glaubenslebens. In den Pastoralen Leitlinien des Erzbistums zur Vorbereitung der Kinder auf die Erstkommunion und zur Firmpastoral wird die Eltern- und Familienarbeit deshalb besonders betont und erläutert.

Verbandsarbeit

Einen wesentlichen Beitrag zur Begleitung von Ehe und Familie leisten die Verbände. Die aktive Mitgliedschaft in einem Verband ist ein kontinuierliches Instrument der Begleitung. Die Zielsetzung des Verbandes, die Beziehungen der Verbandsmitglieder untereinander, die sich daraus ergebenden Gespräche, Hilfen und Aktionen haben stützende Auswirkungen auf den Alltag von Ehe und Familie und schaffen ein Stück Heimat. Wertvoll sind die Hilfen, welche die Verbände auf Regional- und Diözesanebene regelmäßig für die Familie bereithalten:

- Angebote der Ehe- und Familienbildung über die verbandseigenen Bildungswerke,
- Angebote für Freizeit und Erholung,
- Angebote der verbandseigenen Heimvolkshochschulen.

Die Arbeit der Verbände wird von der Erzdiözese Paderborn ideell und materiell unterstützt und gefördert.

Tageseinrichtungen für Kinder

In den „Leitlinien zur Führung, Unterhaltung und zum Bau von Tageseinrichtungen für Kinder“ im Erzbistum Paderborn heißt es:
„Der Familie als bedeutendster Sozialisationsinstanz bietet der Kindergarten mit seinen Erfahrungs- und Handlungsmöglichkeiten und organisierten Lernangeboten eine wertvolle Ergänzung. Der kath. Kindergarten als Erziehungs- und Bildungsinstitution im Elementarbereich des Bildungswesens stellt ein Angebot institutionalisierter Hilfe der Kirche für katholische Familien dar. Er ist auch nichtkatholischen Kindern zugänglich, vorausgesetzt, daß deren Eltern den Charakter des katholischen Kindergartens anerkennen.“
Das Angebot von Tageseinrichtungen in katholischer Trägerschaft im Erzbistum Paderborn in Zahlen:
In der Zeit von 1970 bis 1983 erhöhte sich die Zahl der katholischen Tageseinrichtungen für Kinder von 445 auf 516, davon arbeiten:

478 Kindergärten mit 31 044 Plätzen,
4 Horte mit 108 Plätzen,
34 Kindergärten kombiniert mit Krabbelstuben, Tagesstätten oder Horten mit 2 249 Plätzen.

Von den insgesamt 33 401 Plätzen sind 3 237 mit Kindern ausländischer Familien belegt – das sind 10%.

In den 516 katholischen Tageseinrichtungen für Kinder sind insgesamt 2 400 Mitarbeiter im Erziehungsdienst tätig.

Das Erzbistum Paderborn wendet für diese Tageseinrichtungen für Kinder jährlich einen Betrag von 22 Mio. DM aus Kirchensteuermitteln auf.

Für die katholischen Tageseinrichtungen für Kinder im Erzbistum Paderborn leistet der Diözesan-Caritas-Verband fachgerechte Hilfen in Form von umfangreichen und breitgefächerten Beratungs- und Fortbildungsangeboten.

In seinem Referat „Tageseinrichtungen für Kinder" sind 6 Sozialpädagogen in diesem Aufgabengebiet tätig.

Als Fortbildungsangebot für pädagogisch tätige Mitarbeiter werden mehrtägige Lehrgänge und Tagesveranstaltungen durchgeführt.

Schule

Die Kirche unterstützt die Familie durch ein Angebot von Schulen, die vom Erzbistum Paderborn, von Vereinen, Orden und Verbänden getragen werden. So gibt es in der Erzdiözese Paderborn

6 Realschulen,
19 Gymnasien,
10 Berufsschulen mit einem breiten Angebot an Schulformen,
11 Sonderschulen (Lern-, Körper- oder Geistig-Behindertenschulen, Schulen im Bereich der Erziehungshilfen und anderes mehr,
7 dieser Sonderschulen haben ein eigenes Internat,
11 Internate, die zum Teil den Schulen angeschlossen sind.

Das Erzbistum erbringt zum Unterhalt dieser Schulen hohe finanzielle Leistungen.

Einen gewichtigen Bereich der Arbeit in den eigenen Schulen stellt das außerschulische Bildungsangebot für die Eltern von Schülern dar.
Die schon seit 16 Jahren betriebene Elternbildungs- und Elterninformationsarbeit der Hauptabteilung „Schule und Erziehung“ im Erzbischöflichen Generalvikariat Paderborn wendet sich an Eltern, die Kinder im Vorschul- und Schulalter haben. Ihnen sollen konkrete Hilfen für eine wertorientierte Erziehung geboten und darüber hinaus Tendenzen der Bildungspolitik unseres Landes NW aufgezeigt werden.
Ein besonderes Anliegen ist die Förderung einer pädagogisch effektiven und partnerschaftlichen Zusammenarbeit aller Erzieher der Kinder und Jugendlichen. Elternhaus, Kindergarten und Schule erhalten Anregungen zur sinnvollen Gestaltung von Veranstaltungen auf der Ebene der Klassenpflegschaften und der Kindergarten- und Schulgemeinden. Eltern werden auf die Diskussion um die Erziehungsziele der Schule, die Realisierung ihrer Mitspracheund Mitwirkungsmöglichkeiten in diesem Bereich aufmerksam gemacht.
Um das zu erreichen, wird – jedes Jahr neu – eine Themen- und Referentenliste von der Hauptabteilung „Schule und Erziehung“ herausgegeben („mitteilungen – elterninformation“).
Weiterhin werden von der Hauptabteilung „Schule und Erziehung“ zu bestimmten Anlässen den Eltern Informationsmaterialien zur Verfügung gestellt (z. B. Schulanmeldung der Lernanfänger, Schulmitwirkung in NW usw.).

Familienbildungsstätten

Die einzelnen Familienbildungsstätten bemühen sich in zentral gelegenen Orten um die Ehevorbereitung und Ehe- und Familienbegleitung. Dies geschieht zunächst in der Einrichtung selbst durch:
- Treffpunktarbeit,
- kurz- und langfristige Gruppenarbeit, z. B. Familiengruppen, Arbeitsgemeinschaften, Projektgruppen u. a.,

– Weiterbildungsangebote in Form von Einzelveranstaltungen, Kursen u. a. m.

Darüber hinaus bieten die Familienbildungsstätten ein umfangreiches Weiterbildungsangebot in den den zentral gelegenen Orten umliegenden Ortschaften an.

Die lange Tradition der Familienbildungsstätten ist zurückzuführen auf die aus der Initiative der Kath. Frauengemeinschaft entstandenen Mütterschulen. Sie sind ein Bestandteil der Bemühungen der Kirche um Ehe und Familie. In ihre familienbezogene Bildung fließen religiös-theologische Aspekte, aber auch musische und politische Bildung ein.

Die einzelnen Familienbildungsstätten:

1. Familienbildungsstätte Arnsberg, Hellefelder Straße 15, 5760 Arnsberg 2
2. Familienbildungsstätte Bad Driburg, Alleestraße 4, 3490 Bad Driburg
3. Familienbildungsstätte Dortmund, Silberstraße 13, 4600 Dortmund 1
4. Familienbildungsstätte Gütersloh, Unter den Ulmen 23, 4830 Gütersloh
5. Familienbildungsstätte Iserlohn, Aloysiusstraße 1, 5860 Iserlohn
6. Familienbildungsstätte Lippstadt, Görresstraße 4, 4780 Lippstadt
7. Familienbildungsstätte Neheim-Hüsten, Alter Holzweg 12, 5760 Arnsberg 1
8. Familienbildungsstätte Olpe, Friedrichstraße 4, 5960 Olpe/Biggesee
9. Familienbildungsstätte Paderborn, Giersmauer 21, 4790 Paderborn

Diözesan-Bildungswerk

Für die Ehe- und Familienbildung der Erzdiözese Paderborn von erheblicher Bedeutung ist fernerhin das im Oktober 1973 gegründete Diözesan-Bildungswerk im Erzbistum Paderborn e. V. mit seinen Fachbereichen und Dekanatsbildungswerken. In ihm sind 19 hauptamtliche päd-

agogische Fachkräfte und eine große Zahl neben- und ehrenamtlicher Mitarbeiter tätig.
Die Dekanatsbildungswerke des Diözesan-Bildungswerkes unterstützen die Kirchengemeinden und Dekanate bei der Durchführung ihrer Bildungsarbeit, insbesondere der Ehe- und Familienbildung.
Ein Überblick über die Entwicklung der letzten Jahre zeigt deutlich eine Intensivierung der Ehe- und Familienbildung. Wichtig für diese Arbeit sind nicht nur direkte Angebote der Ehe- und Familienbildung, sondern auch Angebote der freizeitorientierten und kreativitätsfördernden Bildung. Darunter fallen u. a. Kochkurse, Nähkurse, Basteln und Werken, Musikkurse, in denen Fähigkeiten ausgebildet werden, die für das Familienleben von erheblicher Bedeutung sind. In vielen Diskussionen über die Bildungsarbeit werden diese Kurse in ihrer Wirkung unterschätzt. Die steigende Inanspruchnahme dieser Angebote zeigt jedoch, daß hier auch ein Weg zur Bildung beschritten wird, der breite Bevölkerungskreise trifft. In den Kursen werden ja nicht nur Fragen der jeweilig zu vermittelnden Technik besprochen, sondern es kommen auch viele Fragen der persönlichen Lebenssituation der Teilnehmer zur Sprache, die dann von den Leitern oder den Mitarbeitern aufgenommen und behandelt werden können.
Das Diözesan-Bildungswerk findet seine Ergänzung in den Dekanatsbildungswerken.
Im Bereich der freizeitorientierten und kreativitätsfördernden Bildung entwickeln sich neben den traditionellen Koch- und Nähkursen Kurse, die Eltern und Kinder zum gemeinsamen Werken, Basteln, Spielen, Musizieren einladen und ihnen diese Fähigkeiten vermitteln wollen.
Darüber hinaus werden im Rahmen des Diözesan-Bildungswerkes von den Regionalstellen der Erzdiözese und der Hauptabteilung „Pastorale Dienste"
– Tage der Orientierung für Ehe und Familie, die sich über 3-6 Tage erstrecken
– und Werkstattreffen zum gemeinsamen Erfahrungsaustausch sowie Grund- und Aufbaukurse für Mitarbeiter der Ehe- und Familienarbeit in den Gemeinden angeboten.

Familienerholung

Zur Förderung des Bereiches der Familienerholung ist am 8. 6. 1960 ein gemeinnütziger Verein „Familien-Erholungswerk im Erzbistum Paderborn e. V." gegründet worden. Aufgabe des Vereins ist die Förderung, Vermittlung und Durchführung von Familienferien, insbesondere für junge Familien und Mehr-Kinder-Familien in eigenen und gemieteten Familienferienstätten.

Als Zielsetzung der Familienferien verfolgt der Verein:

- ganzheitliche Erholung der Familien,
- Vertiefung der Ehe, Stärkung des inneren Zusammenhalts der Familie und der Erziehungskraft der Eltern,
- Förderung der Dialogbereitschaft innerhalb der Familie und mit anderen Familien.
- Gemeinschaftsveranstaltungen (gesellige Abende), Kinderfeste, Singen, Spielen, Musizieren, Werken und Basteln sind andere Wege, auf denen diese Ziele erreicht werden sollen. Die Kinder, sofern sie nicht in Veranstaltungen einbezogen sind, werden bis ca. 15.00 Uhr betreut, teilweise auch während der Abend- und Nachtzeit.

Der Verein verfügt über folgende eigenen Familienferienstätten

1. Familienferienheim „St. Marien" in Welschen-Ennest, Kreis Olpe,
2. Gästehaus für Familien „Schloß Gehrden" in Gehrden bei Bad Driburg,
3. Familienferien- und bildungsstätte „Biggesee-Sondern" in Olpe-Sondern.

Familienpädagogische Freizeiten

Seit einigen Jahren sind durch die Hauptabteilung Pastorale Dienste im Erzbischöflichen Generalvikariat Paderborn und durch die Regionen im Erzbistum Familienpädagogische Freizeiten von durchschnittlich zwei Wochen Dauer erprobt und entwickelt worden. Absicht war und ist es dabei, mit Familien in der Ferienzeit freie Zeit sinnvoll zu gestalten, die Bereicherung des Zusammenseins von mehreren Fami-

lien erfahrbar werden zu lassen und aus dem Glauben beschenktes Leben sichtbar zu machen. Der Rhythmus der Tage ist geprägt durch den Wechsel von gemeinsamem Gespräch, Unternehmungen aller und einzelner Familien, freier Zeit und gemeinsamer Gottesdienste.
Die Erfahrungen mit diesen Freizeiten sind inzwischen so positiv und aufgearbeitet, daß sie von immer mehr Gemeinden in eigener Regie angeboten und durchgeführt werden. Gerade wenn sich Familien aus einer Gemeinde zu einer längeren Freizeit zusammenfinden, kann dies positive Auswirkungen für die Kontakte und für das Glaubensleben in der Gemeinde haben.

Ehe und Familie in Sonder- und Notsituationen

Weiter ist Ehe und Familie in Sonder- und Notsituationen ein breites Feld des Engagements der Kirche von Paderborn. Hier wurde als Antwort für Menschen in Sondersituationen wie zum Beispiel Pflegekinder, Adoptivkinder, Spätaussiedler, Aussiedler, Behinderte oder auch auf Notsituationen wie zum Beispiel Suchtkrankheiten, Kriminalität, Krankheit ein dichtes Netz von Diensten von den Kirchengemeinden und Verbänden entwickelt, deren besonderes Ziel es ist, bei allen berechtigten Sonderdiensten für ganz bestimmte Zielgruppen, die betroffenen Familien in Pfarrgemeinden oder andere Sekundärgruppen zu integrieren.

1. Familien in Sondersituationen, die der Betreuung bedürfen, sind z.B.:

a) Familien mit adoptierten Kindern und Pflegekindern
Neben den Vermittlungshilfen in den Gemeinden trägt der Caritasverband im Erzbistum Paderborn durch seinen Fachverband „Sozialdienst kath. Frauen“ fünf anerkannte Adoptionsvermittlungsstellen. Darüber hinaus besteht für Eltern die Möglichkeit, ihre besonderen Fragen in Angeboten der Weiterbidung zu erörtern. Eine wesentliche Hilfe ist für diese Eltern auch die Mitgliedschaft in Familiengruppen sowie in Adoptions- und Pflegeelterngruppen, die von Fachkräften begleitet werden.

b) Spätaussiedler
Bei der Integration dieser Familien in die neue Gemeinde leisten die Caritaskonferenzen der Gemeinden viele Hilfen mit dem Ziel, die ersten Schwierigkeiten zu überwinden und eine neue Heimat zu ermöglichen. Neben Angeboten der Weiterbildung wurden vom Caritasverband für Spätaussiedler im Jahre 1982 12 Eingliederungsmaßnahmen und Familienfreizeiten mit 416 Teilnehmern durchgeführt. Diese Maßnahmen hatten das Ziel, den Spätaussiedlern nach den Strapazen der Umsiedlung aus einem sozialistischen Gesellschaftssystem in das demokratische System zu helfen, ihr Selbstwertgefühl neu aufzubauen und ihnen für das tägliche Leben wichtige Informationen zu vermitteln. Ein weiterer Aspekt ist die Hilfe bei der Überwindung von Schwierigkeiten in der Eltern-Kind-Beziehung, die in der neuen Umwelt besonders häufig auftreten und bewältigt werden müssen.

c) Familien mit behinderten Angehörigen
Es gehört zu den Aufgaben der Kirche, sich der Behinderten anzunehmen. Behinderung bedeutet für die Betroffenen und deren Familien eine lebenslange Belastung. Daher umfaßt Behindertenhilfe neben dem Angebot der Förderung für die Behinderten auch immer ein Hilfsangebot für die Familien.
Kirchliche Einrichtungen für Behinderte gibt es seit vielen Jahrzehnten. Neue Erkenntnisse und Methoden der Rehabilitation haben es erforderlich gemacht, diese Einrichtungen einem ständigen Reflexionsprozeß zu unterwerfen und ggf. zu verändern. Darüber hinaus sind in den letzten 15 Jahren in Trägerschaft der Orts- bzw. Kreis-Caritasverbände der Erzdiözese Paderborn mehr als 30 stationäre bzw. teilstationäre Einrichtungen der Behindertenhilfe entstanden.

Heute stellt sich dieses Angebot folgendermaßen dar:
5 ambulante Frühförderstellen,
12 Sonderkindergärten,
2 Internate für behinderte Kinder,
4 Sonderschulen für geistig behinderte Kinder,

5 Werkstätten für Behinderte,
6 Wohnheime für erwachsene Behinderte,
1 Heim für geistig Behinderte.

In diesen Einrichtungen werden ca. 2 300 Plätze vorgehalten. Etwa 550 hauptamtliche Mitarbeiter sind dort tätig.

d) Ausländische Familien

Im Erzbistum Paderborn lebten nach Stand 30. 9. 1982 358 342 Ausländer. Kirche und Caritasverband bemühen sich inbesondere um 40 815 Italiener, 16 200 Spanier, 15 669 Portugiesen und 39 447 Mitbürger (etwa die Hälfte sind Katholiken) aus Jugoslawien.

Für die katholischen und ausländischen Mitbürger gibt es im Erzbistum Paderborn derzeitig 36 Gemeindezentren und katholische Häuser (3 Einrichtungen sind multinational). Diese Einrichtungen werden in Trägerschaft von Caritasverbänden, Gemeindeverbänden und Pfarrgemeinden betrieben. 14 Einrichtungen stehen den Italienern zur Verfügung, 13 Einrichtungen sind für Spanier geschaffen, 10 für Portugiesen und 2 für Kroaten. Die Finanzierung dieser Einrichtungen erfolgt weitgehend aus Kirchensteuermitteln. Zusätzlich werden auch kommunale und Landesmittel verwandt. In diesen Zentren veranstalten Seelsorger und Sozialarbeiter gemeinsam Bildungs- und Gruppenarbeit. Außerdem wird hier auch Einzelhilfe durchgeführt.

Im Rahmen dieser Arbeit sind 10 Mitarbeiter für Italiener, 7 für Spanier, 4 für Portugiesen und 4 für Mitbürger aus Jugoslawien hauptamtlich in den Sozialdiensten tätig. Die Aufgaben dieser überwiegend Sozialarbeiter, die in unterschiedlichen Orten des Erzbistums ihren Dienstsitz haben, sind Einzelhilfe, Gruppenarbeit, Gemeinwesenarbeit.

Die Katholische Arbeitnehmer-Bewegung beschäftigt im Erzbistum zwei Sozialsekretäre mit Dienstsitz in Olpe und Paderborn. Diese unterstützen die Arbeit für die Familien sehr. Sie arbeiten mit den Mitarbeitern in den Sozialdiensten der Caritas zusammen und haben 1982 5183 Ausländer in arbeits- und sozialrechtlichen Fragen beraten und vertreten.

Erfreulich ist die Zunahme der Schulaufgabenhilfe zu vermerken. In den Ausländerzentren und vielen Pfarrgemeindezentren werden regelmäßig Ausländerkinder weitgehend von ehrenamtlichen Mitarbeitern zusammengefaßt. Ihnen wird bei der Durchführung ihrer Hausaufgaben geholfen.

2. Familien in Notsituationen

Wenn von diesen Familien gesprochen wird, dann sind zunächst die gerade hier nicht statistisch zu erfassenden vielen kleinen Dienste von ehrenamtlichen Helfern in Nachbarschaft und Gemeinde zu erwähnen, die als Grundlage der Arbeit angesehen werden müssen. Darüber hinaus haben sich spezielle, nur von Fachkräften zu leistende Dienste entwickelt.

a) Die Dienste der ambulanten Kranken-, Alten- und Familienpflege in den Caritaspflegestationen

In der Erkenntnis, daß die Dienste der ambulanten Kranken-, Alten- und Familienpflege in Gegenwart und Zukunft an Bedeutung gewinnen, wurden in den Caritasverbänden Paderborn und Unna bereits im Jahre 1971 die ersten Caritaspflegestationen, d.h. die Zusammenfassung mehrerer Gemeindekrankenschwestern und -pfleger, Altenpfleger/innen und Familienpflegerinnen, eingerichtet. Im Bereich des Diözesan-Caritasverbandes Paderborn wurde also die Initiative für diesen familienbezogenen sozialpflegerischen Dienst sechs Jahre vor Inkrafttreten der Förderungsrichtlinien des Landes NW im Oktober 1977 ergriffen. Während dieser Zeit wurde aus Diözesanmitteln ein erhebliches Risiko abgefangen.

Bei der Einrichtung der heutigen Caritaspflegestationen konnte sich der Caritasverband einmal auf das hohe Ansehen der Ordensschwestern in der Gemeindekrankenpflege stützen und zum anderen auch die Erfahrung im Aufbau der Familienpflege seit dem Zweiten Weltkrieg nutzen. Der Rückgang der Ordensschwestern in der Gemeindekrankenpflege machte die Notwendigkeit einer Neugestaltung der ambulanten Pflegedienste deutlich.

Am 31. 12. 1982 bestanden im Erzbistum Paderborn 45 Caritaspflegestationen mit 337 Fachkräften in der Gemeindekranken-, Alten- und Familienpflege (ganz und halbtagsbeschäftigt).

b) Die Dienste für Suchtkranke
Für die Suchtkrankenhilfe stehen im Erzbistum Paderborn 11 psychosoziale Beratungs- und Behandlungsstellen zur Verfügung. Eine individuelle weitreichende Hilfe wird durch 25 hauptamtliche Sozialarbeiter/Sozialpädagogen und weitere 5 Mitarbeiterinnen in den beiden Sozial-Therapeutischen Wohngemeinschaften gewährleistet. Der Schwerpunkt der Arbeit im Suchtkrankenbereich besteht in der Erstellung eines auf die Einzelperson ausgerichteten Hilfskonzeptes, dessen Ziel es ist, ein Leben ohne Suchtmittel zu führen. Um dieses Ziel erreichen zu können, muß das gesamte Umfeld des Kranken mitbehandelt werden, insbesondere die Familie, die oft für die Entstehung von Sucht mitverantwortlich zu machen ist.
Nicht nur für den Bereich der Suchtkrankenhilfe ist es unbedingt erforderlich, die Familie des Kranken zu berücksichtigen, sondern auch auf dem Gebiet der Obdachlosen- bzw. Straffälligenhilfe.

c) Die Dienste bei Obdachlosigkeit
Im Bereich der Obdachlosenhilfe werden in fünf Obdachlosensiedlungen/Notunterkünften Hilfen von örtlichen Caritasverbänden bzw. dem Fachverband Sozialdienst katholischer Männer angeboten.
Neben dem Obdachlosen-Seelsorger sind sieben hauptamtliche Sozialarbeiter/-pädagogen in dieser Arbeit tätig. Eine größere Zahl von nebenamtlichen Mitarbeitern und ehrenamtlichen Helfern unterstützen die Tätigkeit nach Kräften. Darüber hinaus werden in sieben sozialen Brennpunkten Schulaufgabenhilfen, Einzel- und Gruppenarbeit angeboten.
Von Obdachlosigkeit sind in der Regel ganze Familien betroffen. Das Untergebrachtwerden in Notunterkünften, geringer Bildungsstand, mangelnde qualifizierte Berufsausbildung, wirtschaftliche Benachteiligung, Kinderreichtum erfordern ein umfassendes individuelles Hilfsangebot.

Grundvoraussetzung für die Arbeit mit Obdachlosenfamilien bildet die Erkenntnis, daß es sich hierbei um eine Subkultur der Armut handelt, die Isolation und extreme Benachteiligung nach sich zieht.
Die Hilfsangebote der Mitarbeiter richten sich in erster Linie darauf, den Familien menschenwürdige Wohn- und Lebensverhältnisse zu ermöglichen. Hat eine Familie ihre Obdachlosigkeit z. B. durch Umzug in eine Normalwohnung überwunden, sind spürbare Hilfen etwa durch Entschuldung und/oder Bereitstellung von geeigneten Arbeitsplätzend anzubieten.
Die durch einen Umzug entstehenden Probleme (Schule, Kindergarten, Haushaltsführung, neues Umfeld usw.) werden durch eine begleitende Beratung vermindert bzw. sogar gelöst.

d) Die Dienste bei Straffälligkeit
Bei Straffälligkeit eines Familienmitgliedes wird die Familie durch viele Faktoren belastet. Besondere Hilfsmaßnahmen sind zur Stabilisierung der Familie zu entwickeln bzw. aufzubauen: Informations- und Beratungstätigkeiten, Unterstützung bei der materiellen Versorgung der Familie und ggf. Hilfen zur Aufrechterhaltung des Haushaltes. Beratung und Hilfe bei Entscheidungen, Durchführung von Seminaren für Ehefrauen mit straffällig gewordenen Partnern, familientherapeutische Maßnahmen, Ferien- und Kurmaßnahmen, insbesondere für Ehegatten von Langzeitbestraften, Mitwirkung bei der Beschaffung von Arbeit und Wohnung sind weitere Wege, auf denen versucht wird, den Betroffenen zur Hand zu gehen und ihnen in ihrer Lage beizustehen.

Familienbund der Deutschen Katholiken

Der Familienbund, katholischer Eltern- und Familienverband in unserem Erzbistum, hat die Aufgabenstellung, Anliegen kath. Eltern und Familien in Gesellschaft und Kirche zu vertreten.
Im Familienbund sind nicht nur Familien organisiert, son-

dern es zählen zu ihm alle katholischen Verbände und Träger familienbezogener Arbeit.

Zu seinen wichtigsten Zielen gehören:

- Menschen Mut zu Ehe und Familie machen;
- immer wieder bewußtmachen, daß Ehe und Familie unverzichtbare Lebensgemeinschaften sind;
- Anliegen von Eltern und Familien gegenüber Parlamenten und Bundes-, Landesregierung und Kommunalverwaltungen, aber auch gegenüber Parteien und Medien und in der Kirche verstärkt zu Gehör bringen;
- die wirtschaftliche Situation der Familie verbessern helfen;
- Sorge tragen für Bildungs-, Beratungs-, Hilfs- und Freizeitangebote, die Familien in ihrem Alltag unterstützen;
- den durch das Grundgesetz garantierten Schutz von Ehe und Familie in allen Bereichen der Politik und in der Gesellschaft einfordern;
- durch Herausgabe eines Verbandsorgans, durch Informationen und Schriften laufend Hilfen für die Familienarbeit in Familiengruppen, Pfarrgemeinderäten, Familienbildung, aber auch für Eltern und Familien selbst bereitzuhalten.

Der Familienbund der Deutschen Katholiken im Erzbistum Paderborn hat seinen Sitz in Paderborn (Domplatz 30; Tel. 0 52 51.20 72 02/20 74 53).

Familienheim-Hilfswerk

Das Wissen darum, daß gerade die familiengerechte Wohnung die Voraussetzung für ein harmonisches Zusammenleben der Familie ist, daß sie manche Probleme entschärfen kann und daß nur in Wohnungen, die bestimmten quantitativen und qualitativen Ansprüchen genügen, die Funktion der Familie wirklich zum Tragen kommen kann, stand bei der Schaffung des Familienheim-Hilfswerkes im Erzbistum Paderborn Pate, das Erzbischof Johannes Joachim Degenhardt am 15. April 1979 gründete. Ziel ist es, für Familien mit Kindern finanziell tragbare Bedingungen zu schaffen, die den Bau oder Erwerb von Wohneigentum

erleichtern. Aber auch ein notwendiger Ausbau, eine Großreparatur oder die Nachfinanzierung können gefördert werden.
Nach mehrjährigem Bestehen des Familienheim-Hilfswerkes kann man mit Recht feststellen, daß die damit gebotene Chance genutzt und das Angebot voll angenommen wurde. Die Initiative des Erzbistums Paderborn hat inzwischen auch über den kirchlichen Raum hinaus Nachahmung gefunden.
Der Kirchensteuerrat hat dieses wichtige Anliegen des Erzbischofs von Anfang an großzügig unterstützt. Seit 1979 stellte er für das Hilfswerk 17 Millionen DM bereit. Daneben wurden noch hohe Beträge aus dem Siedlungshilfswerk in das Familienheim-Hilfswerk-Programm hineingenommen.

Ehe- und Familienberatung

Viele Beratungsdienste sind statistisch nicht zu erfassen. Wesentliche Dienste im Interesse von Ehen und Familien, die von Priestern, haupt- und ehrenamtlichem Laien in der Gemeinde geleistet werden, können nicht aufgezeigt werden. Gerade die Seelsorger begegnen ja dem Menschen in vielen Grenzsituationen (Geburt, Krankheit, Tod) und erbringen dadurch auch den Familien Dienste, die ungenannt bleiben müssen. Daneben gibt es aber offizielle Beratungsstellen im Dienst von Ehe und Familie, die nun im folgenden noch erwähnt werden sollen.

Beratungsstellen für Ehe-, Familien- und Lebensberatung

In der Erzdiözese Paderborn wurden bisher 21 Beratungsstellen für Ehe-, Familien- und Lebensberatung eingerichtet. Die einzelnen Beratungsstellen sind mit hauptamtlichen bzw. teilzeitbeschäftigten oder auf Honorarbasis tätigen Fachberatern besetzt.

Beratungsstellen für Eltern, Kinder und Jugendliche

Die Kirche bietet die Erziehungsberatung in von ihr getragenen Einrichtungen an, um damit neben der Vielzahl anderer Formen Hilfe zu leisten bei der Überwindung von Konflikten und Ängsten. Der einzelne Betroffene, aber auch die betroffenen Familien sollen und können lernen, mit ihren Problemen umzugehen und fertig zu werden, um auf diese Weise in ihrem Leben neue Akzente zu setzen und die Beziehung zu den Mitmenschen sinnvoller zu gestalten. Hier wird keine Christlichkeit aufgezwungen, wohl aber werden aus dem persönlichen Glauben des Beraters heraus Lebensdeutung und Wertorientierung angeboten.
Die Erziehungsberatung ist heute zu verstehen als eine sowohl beratende als auch praktisch-therapeutisch tätige Hilfe für Einzelpersonen und Familien, die mit den sich häufenden schädigenden Einflüssen allein nicht fertig werden, die erkennen, daß fachlicher Rat und fachliche Hilfe erforderlich sind.
Die ständige Zunahme des Bedürfnisses nach fachlicher Hilfe durch die Erziehungsberatung schlägt sich deutlich in der zahlenmäßigen Entwicklung der Erziehungsberatungsstellen im Erzbistum Paderborn nieder. 1960 waren es vier Erziehungsberatungsstellen, 1970 acht und seit 1980 bieten 21 Stellen ihre Dienste an.
Jede Beratungsstelle ist heute mit einem Team von Fachleuten (Psychologe, Sozialpädagoge, Sozialarbeiter, Arzt, Theologe und Heilpädagoge) besetzt.

Beratungsstellen für schwangere Frauen in Not- und Konfliktsituationen

In der Erzdiözese Paderborn sind sieben Beratungsstellen für schwangere Frauen in Not- und Konfliksituationen eingerichtet. Alle, mit einer Ausnahme, sind mit einer halbtags tätigen Fachkraft besetzt. Außerdem gehört zu jeder Beratungsstelle ein nebenamtlich tätiges Beratungsteam, welches aus einem Facharzt, einem Seelsorger, einem Juristen und einem Psychologen besteht. Darüber hinaus

verfügen die Beratungsstellen über eine große Anzahl ehrenamtlicher Mitarbeiter(innen), die recht häufig die nachgehende Betreuung übernehmen oder den Müttern und ihren Familien mit Rat und Tat zur Seite stehen (Einkaufen, Kochen, Nähen, Behördengänge, Beschaffung von Wohnungseinrichtungen usw.).
Beratung und Hilfe gehören untrennbar zusammen. An erster Stelle stehen die persönlichen Hilfen, die als Entscheidungshilfen dienen. Gleich danach muß der Bereich der wirtschaftlichen Hilfe erwähnt werden. Alle deutschen Bischöfe haben daher in ihren Diözesen erhebliche Mittel zur direkten Hilfe für werdende Mütter in Not- und Konfliktsituationen zur Verfügung gestellt, die eine sofortige und unbürokratische Hilfe ermöglichen.
Die Personal- und Sachkosten von fünf Beratungsstellen werden ausschließlich mit kirchlichen Mitteln finanziert, während für zwei Beratungsstellen auch kommunale Zuschüsse gewährt werden.

Aktion Familie

Im Rahmen des pastoralen Schwerpunktes Ehe und Familie hat die Diözesantagung, ein Zusammenschluß der Laien in den Räten und Verbänden des Erzbistums, 1981 in Paderborn die Aktion Familie beschlossen. Ausgangsüberlegungen waren die Fragen vieler christlicher Politiker, wie man die christlichen Werte von Ehe und Familie öffentlichkeitswirksamer darstellen könne.
Diese mehr in die Gesellschaft gezielte Aktion wandelte sich jedoch zu einer pastoralen Initiative. Im Blick auf Leben und Glauben in Ehe und Familie entdeckten die Verantwortlichen,

- daß heute viele Christen ihren Glauben in Ehe und Familie verwirklichen und ihn als tragende Kraft annehmen;
- daß das Gelingen von Ehe und Familie bei allem Bemühen des Menschen Gnade und Geschenk ist;
- daß entsprechende Aussagen Jesu: „Ihr seid das Licht

der Welt", „Ihr seid das Salz der Erde", das gelebte und sichtbare Glaubenszeugnis heilende und verändernde Kraft für Kirche, Gesellschaft und Staat haben.

Sollten also die christlichen Werte von Ehe und Familie öffentlichkeitswirksamer dargestellt werden, so mußten die sich zwischen Lebenswirklichkeit von Ehe und Familie und öffentlicher Meinung entwickelnde Kluft überwunden werden.

- Die Eheleute müssen ermutigt werden, ihren Anspruch an die Gesellschaft da, wo sie leben, anzumelden.
- Die teilweise erschreckend fehlende Sensibilität von Anregern und Verantwortlichen für das Leben und Leiden in Ehe und Familie mußte durch Begegnung gefördert werden.

Dies sollte durch folgende Aufgaben der Aktion Familie erreicht werden:

- dazu beitragen, daß das gelebte Glaubensbekenntnis öffentlich sichtbar und wirksam werden kann und so Solidarität für Ehe und Familie anregen;
- alle Personen, die in der Gemeinde Verantwortung tragen, auffordern, sich der Frage zu stellen: Trifft unser Wirken die Wirklichkeit von Ehe und Familie?
- alle Gemeinden, Verbände, Vereinigungen, Gruppen, Orden und geistliche Gemeinschaften sowie die Gremien der Mitverantwortung der Kirche bestärken, die Ehe und Familie des Menschen, zu denen sie gesandt sind, intensiver in den Blick zu nehmen;
- anregen und fördern, daß Mitarbeiter auf Dekanats- und Diözesanebene sich begegnen, Erfahrungen austauschen und sich damit gegenseitig helfen;
- Personen ermutigen, ihre Erfahrungen an Mitarbeiter und Gruppen in anderen Gemeinden weiterzugeben;
- gesammelte Ergebnisse, Anregungen, Impulse durch Arbeitsblätter, Handzettel, Briefe, Berichte... öffentlich werden lassen.

In einem Schreiben vom Mai 1982 an die Pfarrgemeinderäte hat der Erzbischof diese gebeten, in den Gremien folgende Fragen zu beantworten:

- Welche Familien sind isoliert und ohne Hilfe?

- Haben alle Familien ausreichend Essen und Wohnraum, Mittel zum Leben?
- Wer hat seinen Arbeitsplatz verloren, wem fehlt ausreichender Lohn?
- Welche Familien sind belastet durch Trauer, Krankheit, Sorge, Tod, Versagen?
- Welche Familien kommen in Bedrängnis durch ungewollte Schwangerschaft?
- Wie leben unvollständige Familien in der Gemeinde?
- Kennen Familien Wege, ihren Glauben auszudrücken und zu feiern?

Im Dekanatspastoralrat sollte ein Sachausschuß Ehe und Familie gebildet werden. Die Mitarbeiter in der Ehe- und Familienarbeit der Gemeinde, Verbände, Institutionen, Orden und geistliche Gemeinschaften sollten zum gegenseitigen Meinungs- und Erfahrungsaustausch zusammengeführt werden.

Auch die Mitarbeiter der Verbände sollten sich die Fragen des Erzbischofs stellen und in einem intensiven Erfahrungsaustaush einsteigen.

So entwickelte sich die Aktion Familie zur Besinnung auf Ehe und Familie. Zur Zeit bemüht sich die noch laufende Aktion Familie darum, die Initiativen und Dienste auf Diözesanebene zusammenzuführen und in den Gremien der Diözese einen Erfahrungsaustausch anzuregen.

Die im Rahmen der Aktion Familie gesammelten Erfahrungen sollen ausgewertet und dokumentiert werden. Die hier sichtbar werdenden Konsequenzen für die Pastoral werden die Antwort der Kirche auf die Lebenswirklichkeit von Ehe und Familie verbessern helfen.